독서 주방

독서 주방

초판 1쇄 인쇄 2019년 9월 15일
초판 2쇄 발행 2019년 9월 30일

지은이 유재덕
기획 김성신
교정 정경임
독자 교정 라온
펴낸이 김명숙
펴낸곳 나무발전소

등록 2009년 5월 8일(제313-2009-98호)
주소 03900 서울시 종로구 독막로 8길 10, 서정빌딩 701호
이메일 tpowerstation@hanmail.net
전화 02)333-1967
팩스 02)6499-1967

ISBN 979-11-86536-65-0 03810

독서주방

불과 칼 사이에서 따뜻한 책읽기

유재덕 지음

요리사와 평론가의 슈트

그는 대뜸 내 앞에 책 보따리를 던져놓는다.

'읽어!'

이것이 명령처럼 들렸다면 나는 따르지 않았을 것이다. 하지만 그렇지 않았다. 희한한 일이었다. 그 여지없는 명령어는 마치 숙명으로 따라야 하는 신탁처럼 들렸다.

36년 만에 다시 만난 친구 김성신. 그의 직업은 독특했다. 출판평론가. 책을 읽고 소개하는 것이 직업이라고 했다. 세상에 그런 직업도 있다는 것을, 그를 만나던 그날 처음 알았다. 얼마 후 친구는 내가 근무하는 호텔로 찾아왔다. 그는 직업만큼이나 취향도 독특했다. 호텔의 화려하게 드러난 공간이 아니라, 호텔리어들의 사무 공간을 보고 싶다고 했다. 나는 요리사들의 사무실로 그를 안내했다. 그날 우린 서로 살아온 이야기를 오랫동안 나누었다. 그는 사무실에 서 있던 내 낡은 책장이 인상적이라고 했다. 거기엔 내가 20여 년 동안 모은 요리책과 레시피가 들어 있었다. 얼마 후 그가 다시 만나자고 했다. 다짜고짜 그 자리에서 불쑥 내미는 책 보따리.

"이제 세상엔 너와 같은 요리사가 필요해. 너처럼 건강한 생각을 가진 요리사를 본 적이 없어. 그래서 네가 글을 써주면 좋겠어." 그의 말에 나는 황당하기만 했다. 나는 이렇게 대답했다. "무슨 그런 어이없는 이야기를 하냐. 난 평생 요리만 한 사람이야. 글을 써본 적이 한 번도 없어." 그러자 그는 기다렸다는 듯이 이렇게 말을 받았다. "좋은 글은 좋은 생각이야. 세상에 예쁜 글은 많지만, 좋은 글은 드물지. 네가 어떻게 표현한다고 해도, 사람들은 네가 좋은 사람이라는 것을 알아. 너는 분명히 좋은 저자가 될 수 있어. 내가 도와줄 테니 한번 해봐."

아무 이유도 없었다. 그냥 그의 말을 따르고 싶었다. 그날 나는 '확신'이라는 것이 사람의 눈으로부터 어떤 모양으로 발광하는

지 처음 알았다. 그는 나에게 당장 뭘 쓸 생각은 하지 말고, 그냥 맘 편히 읽기만 하라고 했다. 읽기만 하는 일이 1년 정도 이어졌다. 새벽 근무가 있던 날엔 눈이 절로 감겼다. 하지만 나는 읽었다. 가끔은 내가 읽기에는 버거운, 어렵고 두꺼운 책들도 있었다. 그런 책들은 침대에 두고 베개 대용으로 사용했다. 그렇게 하면 이해가 될까 싶기도 했고, 혹시 글도 쓸 수 있지 않을까 싶었다. 어느 날인가는 코를 박고 잠드는 바람에 책이 온통 침 범벅이 돼버린 적도 있었다. 하지만 한번 읽기 시작한 책들은 나를 놓아주지 않았다. 침대에서, 통근길 지하철에서, 집 식탁에서, 호텔 주방 구석에서, 나는 읽고 또 읽었다. 내 머릿속에선 신세계가 열렸다. 요리와 음식 식재료를 가지고 이렇게 다양하고 깊은 생각에 이를 수 있다니! 그 책들은 정말이지 놀랍고 흥미로웠다. 놀라운 것은 그뿐만이 아니었다. 책을 읽으면서 내가 변하는 것을 느꼈다. 나의 일상을 둘러싸고 있는 모든 사소한 것들이 다시 보였다. 요리와 세계와 인류의 역사가 마치 거대한 퍼즐처럼 내 머릿속에서 맞춰지고 있었다.

그렇게 1년이 흘러갔다. 2016년 1월 24일. 내 생에 처음으로 써본 글이 신문에 실린 날이다. 〈마크 쿨란스키의 더 레시피〉라는 책을 소개한 서평 칼럼. 내 글과 얼굴이 인쇄된 신문을 보고 있자니 약간 어지러웠다. 잠시 현실감각이 사라졌다. 모든 것이

꿈만 같았다.

 하지만 횟수가 거듭될수록 고민도 함께 깊어졌다. 그때마다 내 친구 김성신 평론가가 날아왔다. 그는 마치 아이언맨 같았다. 언제나 최적의 조언을 해주었고, 나에게 용기를 주었다.

 요리와 구별되는 음식이라는 것에 대해서도 우린 이야기를 나누었다. 그러고 나면 그는 그 자리에서 "요리는 특별한 것이지만 음식은 위대한 것이군. 요리는 맛을 주지만 음식은 생명을 주는 것이니까." 같은 문장으로 평론가답게 정리했다. 그를 통해 나는 가장 작고 사소한 일상에서 삶과 세상의 의미를 추출해 내는 법을 조금씩 깨닫기 시작했다. 그도 요리사였다. 그는 음식 대신 나의 영혼을 요리했다.

 그러자 다시 글을 쓰는 일이 즐거워졌다. 원고 마감과 호텔 행사가 겹치기라도 하면 꼬박 밤을 새우기도 했다. 글은 잉크가 아니라 땀과 피로 쓴다는 말도 가끔은 실감했다. 그렇게 한 달에 한 편씩 칼럼을 썼다. 세월은 흘렀고 4년이 지났다.

 요리사인 나의 일상과 더불어 내가 읽은 책을 한 권씩 소개하는 신문 칼럼 '파불루머 유재덕의 칼과 책'은 지금도 연재가 이

어지고 있다. '파불루머'라는 말은 김성신 평론가가 나에게 선물한 별칭이다. 호처럼 내 이름 앞에 붙여 쓰라고 했다. 파불루머는 '음식물'이나 '영양물'을 뜻하고, 그래서 '마음의 양식' 등을 표현하는 숙어에서 주로 활용되는 라틴어 'pabulum(파불룸)'에서 따온 단어다. 여기에 영어식으로 'er'을 붙여 '음식가'라는 뜻을 담았다. 평생을 화려한 호텔 요리사로 살았으니, 나이가 들어 은퇴하면 소박한 음식가로 살아보는 것도 좋겠다는 생각이 들었다. 무엇보다 맛을 넘어 생명에도 관심을 가지는 사람이 되는 것. 그런 꿈을 꾸어보는 것. 더없이 근사한 인생 목표라는 생각이 들었다.

지난 4년간 쓴 칼럼들을 모으고 다듬어 〈독서 주방〉이라는 제목으로 책을 펴낸다. 내가 읽었던 책들을 평계로 나의 인생 이야기를 적어보았다. 책을 읽고 글을 쓰면서 나는 한 가지 놀라운 사실을 알게 되었다. 독서는 힘이었다. 관념적인 비유가 아니라 구체적이고 현실적인 에너지 말이다. 독서를 통한 지적인 포만감은 나를 훨씬 강인하게 만들어주었다. 이 강인함은 나를 이전과는 전혀 다른 사람으로 변화시켰다. 책을 읽기 전의 나는 하루하루를 겨우 살아내는 전형적인 소시민이었다. 하지만 지금은 다르다. 나는 이제 어떤 식으로든 세상에 선한 영향력을 미칠 수 있다고 생각한다. 그리고 나의 일상 속에서 매일 매순간 그런 일들을 찾는다. 내가 읽었던 책 속 사람들이 그랬듯이 말이다. 책이란 어느덧 나에게 아이언맨의 슈트와도 같은 것이 되었다.

　요리사가 되어 웨스틴조선호텔의 주방에서 보낸 세월이 올해로 27년이다. 그저 좋아서 선택한 요리사의 길. 그 길을 묵묵히 걷는 동안 타인의 시선은 중요치 않았다. 신선한 버섯 향기를 맡고, 양파의 달콤한 냄새를 맡을 때마다 난 살아 있음을 기쁘게 느꼈을 뿐이다. 내가 요리한 것을 맛있게 먹고 행복해하는 사람들을 모습을 볼 때 나는 보람을 느꼈고 무엇보다 행복했다. 그러니 〈독서 주방〉은 내가 주방에서 느꼈던 보람과 행복에 관한 이야기이기도 하다.

　"선물입니다. 언젠가는 이 사진들이 꼭 필요할 거예요." 웃으며 내 손에 CD 한 장을 들려주신 박보현 님. 그녀는 업무차 우리 호텔에 오셨다가 주방에서 일하는 내 모습을 수십 장의 사진으로 담아 선물해 주셨다. 내가 만든 요리 덕분에 행복했던 시간에 대한 보답이라고 했다. 박보현 님께는 이 말을 꼭 전하고 싶다. "정말 제갈공명 같은 분이네요. 선물로 주셨던 그 사진들을 〈독서 주방〉에 사용했습니다. 감사합니다. 그리고 존경합니다. 저도 당신처럼 누군가의 인생에서 계기가 되도록 애쓰며 살겠습니다."

내 평생의 요리 스승이신 조형학 상무님과 요리사로서 성장할 수 있도록 배려해 주신 정유경 총괄사장님께 우선 머리 숙여 감사 인사를 드린다. 또한 사랑하는 나의 동료들인 박현주 선임과장, 전성규 주방장, 조은희 씨, 정경모 씨에게도 감사를 전한다. 오랜 세월을 동고동락한 일식 한석원 주방장님, 중식 정수주 주방장님, 이귀태 주방장님, 베이커리 이종현 주방장님, 오경인 주방장님, 메인 우희석 주방장님, 조재영 주방장님, 김치장인 이주희 차장님. 또 후배 왕업류 주방장, 최정상 주방장, 손경성 과장, 양영주 부주방장, 전배성 주임…. 이 밖에 모든 동료와 후배들에게 감사의 마음을 전한다.

늘 나의 건강을 돌봐준 친구 한의사 이홍석과 조재형 선배, 〈독서 주방〉이 세상에 나오도록 기회를 주신 엄민용 경향신문 부국장님과 김명숙 나무발전소 대표께도 존경과 감사를 표한다. 나는 지금까지 이렇게 많은 분들께 평생 갚지도 못할 큰 은혜를 입으며 살아왔다.

전 세계에 흩어져 살고 있지만, 순전히 요리사인 나를 응원하겠다는 목적으로 소셜 커뮤니티까지 만든 동창생들이 있다. 아일랜드의 연경, 포틀랜드의 경미, 뉴욕의 혜은, 토론토의 형준, 샌디에고의 인혁, 인천의 명숙, 파주의 성신. 이 친구들에겐 영원한 사랑과 우정을 약속한다.

이제는 하늘나라에서 누구보다 기뻐하실 어머니, 항상 속 깊은 조언으로 삶의 버팀목이 되어 주신 외숙부 최재남 님, 그리고 사랑하는 아내 박미정과 나의 아이들에게 이 책을 바친다.

2019년 가을

파불루머 유재덕

01

식

Food
Life
Taste
flavor

식탁 혁명을 불러온 고추의 모든 것

〈페퍼로드: 고추가 일으킨 식탁 혁명〉
(야마모토 노리오 지음, 최용우 옮김, 사계절, 2017)

접시 위의 음식을 나이프로 잘라 입에 넣고 천천히 씹었다. 내 모든 감각을 놀란 고양이의 털처럼 바짝 세운다. 혀에 감기는 맛들을 하나하나 머릿속에 새긴다. 이제 눈을 크게 뜨고, 접시 위 음식에 시선을 고정시켰다. 그리고는 잽싸게 포크와 나이프를 이리저리 움직이면서 모양과 색을 분해한다. 감각으로 확인이 가능한 것들을 모조리 체크하고 메모한다.

'은은하게 올라오는 이 매운맛은 뭐지? 후추는 아니다. 고춧가루를 넣은 건가? 페페로치노? 음, 희한하게 산초 맛도 좀 나는 것 같은데…, 아! 모르겠다.' 미각의 미궁에 갇혀버린 느낌이다. 지나치게 바짝 세워놨던 신경 때문인지 관자놀이가 지끈거린다.

다시 맛을 보았다. '음, 이 맛은 타바스코 소스 같기도 하고…? 아니다! 그보다는 덜 자극적이면서도 매운맛은 더 오래간다. 그렇다면?' 나는 마치 잡힐 듯 잡힐 듯 잡히지 않는, 연쇄살인마를 뒤쫓는 형사처럼 날카로워졌다.

'아! 스리라차!' 그 순간 나도 모르게 작은 탄성이 터져나왔다. 스리라차는 태국산 매운 소스의 한 종류다. 내가 이것을 찾아내다니! 뿌듯한 기분이 든다. 절로 벙글어지는 미소. 순간 모든 긴장이 풀린다.

호텔의 새로운 메뉴를 개발하기 위해 떠난 해외출장길에서 내가 반복적으로 해야 하는 행동이다. 지난달엔 뉴욕 출장을 다녀왔다. 속 모르는 사람들은 최고급 레스토랑들을 순례해야 하는 이런 출장을 럭셔리 투어쯤으로 생각하기도 한다. 하지만 실상은 전혀 아니다. 출장 일정의 그 빠듯한 시간을 최대한 활용하려면 끼니를 잘게 나눠야 한다. 아침식사 두 번, 점심식사 세 번, 저녁식사 또 세 번. 이렇게 하루에 식사를 여덟 번 할 때도 있다. 게다가 열 시간 이상 비행기를 타고 찾아간 레스토랑에서 달랑 요리 하나만 맛보고 나올 수도 없다. 많은 요리들을 한꺼번에 주문한다. 그걸 먹고 또 먹고, 지칠 때까지 먹어야 한다. 이럴 땐 요리사도 일종의 극한직업이다.

　나는 먹으며 계속 상상한다. 지금 저 주방의 요리사가 이 요리를 통해 표현하고 싶었던 것이 무엇일까? 이것을 왜 만들었지? 이 맛을 통해 어떤 느낌이 전달되길 원했던 걸까? 때때로 요리사가 던진 메시지와 나의 확신이 만나는 순간이 있다. 같은 직업을 가진 사람끼리의 지극히 감각적이고 직관적인 의사소통이랄까. 논리적으로 설명할 수는 없지만 아무튼 그런 것이 있다. 잘 훈련된 야구선수처럼, 굉장한 일체감 속에서 그는 던지고 나는 받는다. 이런 순간에는 형언하기 힘든 기쁨이 있다. 배가 불러 터질 것 같은 고통 속에서도 말이다.

씩

서울로 돌아온 후 나는 매운맛을 내는 고추에 대해 쓴 책을 읽었다. 〈페퍼로드〉라는 책이다. '고추가 일으킨 식탁 혁명'이라는 표지 카피에 우선 호기심이 생겼다. 저자인 야마모토 노리오는 식물학과 민족학을 함께 공부한 학자다. 대학원생 시절 안데스 산맥에 갔을 때 먹어본 강렬한 맛의 야생 고추를 그는 잊지 못한다. 그는 원산지 남미를 시작으로 고추에 대한 연구를 한다. 고추의 발견부터 다양한 품종들로 변화되어 재배종이 되기까지, 또 전세계로 퍼져나가는 과정들을 연구한다. 이 책은 남미에서 유럽으로, 아프리카를 거쳐서 아시아 한국, 일본까지 멀고도 긴 고추의 여정을 담고 있다. 살짝 학술서 느낌이 날 만큼 저자는 집요하고 섬세하게 '고추'라는 단 하나의 주제를 다루고 있다.

고추는 기원전 8000~7000년쯤 중남미에서 재배되기 시작한 작물로, 1492년 콜럼버스의 신대륙 발견을 계기로 유럽에 전해졌다. 눈에 띄는 이 작고 빨간 열매는 새들의 먹이가 되어 배설물을 통해 먼 지역으로 확산될 수 있었다. "새들에게 2퍼센트 캡사이신 용액을 먹여보았습니다. 녹일 수 있는 한 최대로 녹인 셈이죠. 사람이라면 거의 죽을 겁니다. 하지만 새들은 아무렇지도 않게 먹더군요." (책_43쪽) 일반적으로 재배 식물은 재배화 이후 야생종이 점차 사라지는데, 고추는 지금도 야생종과 재배종이 모두 이용되고 있는 작물이라는 점이 흥미롭게 다가온다.

콜럼버스 일행이 고추를 유럽에 들여오던 시기, 바스코 다 가마가 개척한 인도항로를 따라 고추는 아시아와 아프리카로 전파되었다. 매운 카레를 즐기는 인도와 네팔, 고추 없이는 밥을 먹을 수 없게 된 부탄, 고추가 들어간 커피를 즐기는 에디오피아인들까지 고추의 진격은 계속되고 있다.

밥을 주식으로 하는 한중일 삼국이 매운맛을 다루는 태도가 사뭇 다른 이유는 무엇일까? 저자는 매운 요리가 특징인 중국 쓰촨(四川) 지방의 마파두부를 맛보기도 하고, 김치의 나라 한국을 방문하여 김장 체험을 하며 점점 매운맛에 빠져든다. 비타민 C를 발견하여 노벨상을 수상한 센트죄르지 박사는 파프리카의 효능에 주목했다. 그 밖에 캡사이신과 비타민 A, C, E의 항산화 효과 등 고추의 의약적 용도에 대한 연구는 지금도 계속되고 있다. 점점 더 많은 사람들이 고추를 키우고 맛보고 연구하고 있다. 세계인의 고추 사랑이 어떻게 퍼져나갈지 흥미롭게 지켜볼 일이다.

요리사인 나는 고추를 다룰 때마다 계영배를 떠올린다. 계영배(戒盈杯)는 과유불급, 지나친 욕심을 경계하는 술잔이다. 잔의 3분의 2 정도까지 술을 부었을 때는 술을 온전히 담고 있지만 그 이상 담으면 아주 희한한 현상이 일어난다. 술잔 밑에 뚫린 구멍으로 모조리 새어나가 버리고 빈 잔이 된다. 고추도 그러하다. 고추는 절대 음식에 과하게 쓰면 안 된다. 맛의 밸런스를 단숨에 깨 버린다.

　인생도 그렇지 않던가? 지나친 것은 부족함보다 늘 못하다. 훌륭한 인생이란 균형과 조화다. 최고치들의 난삽한 조합이 아니란 말이다. 고추는 세상에서 가장 맛있는 향신료지만 그렇다고 가장 매운맛을 가장 훌륭한 요리라고 하진 않는다.

02

놀라운 음식의 과학

〈왜 맛있을까〉(찰스 스펜스 지음, 윤신영 옮김, 어크로스, 2018)

"정말 부끄럽습니다."

주방은 위험한 곳이다. 다루는 것들이 뜨겁고 날카롭다. '욱' 하는 심정으로 손에 든 것을 던지기라도 하면 사람이 다치거나 죽을 수도 있다. 그래서 주방은 특히 위계질서가 엄격하다. 문제는 엄격함이 지나치면 마음이 다치거나 죽을 수도 있다는 것이다. 눈에 보이지 않는다고 우리는 마음을 너무 쉽게, 혹은 너무 거칠게 다루는 경우가 있다. 하지만 마음이 죽으면 몸도 죽는다. 모든 약은 독이다. 한꺼번에 많이 먹으면 죽을 수 있다. 서로의 몸을 지키고 자신의 안전을 확보하기 위한 장치가 오히려 사람을 위험하게 만들 수도 있다는 것이다. 간이 맞아야 하는 요리처럼 엄격함에도 적절함이 필요하다.

실수한 후배에게 야단을 좀 쳤더니 몹시 부끄러워한다. 순간 그의 표정을 살핀다. 말로만 그리 대꾸하는 것인지, 아니면 진짜 부끄러워하는 것인지는 표정을 보면 금방 알 수 있다. 부끄러움을 느낄 줄 아는 것은 매우 중요하다. 그런 사람은 결국 해낸다. 30년 가까운 세월 동안 한 가지 터득한 것이 있다. 가르칠 수 있는 사람과 가르칠 수 없는 사람의 차이에 관한 것이다. 그것을 가르는 지점이 바로 '수치심'이다. 내 호통을 듣고 진심으로 부끄러워하는 그 후배로부터 시선을 거두며 나는 속으로 이렇게 말했다.

"부끄러워? 그럼 됐어! 자넨 잘 해낼 거야."

후배에게 야단을 친 날은 내 마음도 안 좋다. 집으로 돌아오는 길에 나는 생각했다. '그런데 사람은 어떨 때 부끄러워야 할까?'

부족함은 그저 더하기만 하면 된다. 요리도 그렇다. 간이 부족하거나, 덜 익은 것은 금방 해결할 수 있다. 문제는 넘칠 때다. 그것은 해결이 안 된다. 그러고 보면 우리는 아직 가지지 못한 것들보다는 이미 많이 가진 것을 더 경계해야 하지 않을까? 세상을 크게 망치는 것들도 모두 부족함보다는 과도한 욕망 때문이다. 목표를 세우고 비전을 가지려는 것과 제어되지 않는 욕망을 품는 것은 전혀 다르다. 나는 그 차이를 어떻게 후배들에게 설명할 수 있을까? 머리가 복잡해졌다.

생각이 복잡해질 때는 역시 책이다. 집에 도착하자마자 책을 들었다. 찰스 스펜스의 〈왜 맛있을까〉를 선택했다. 감자칩의 '바삭'거리는 소리와 인간이 감각하는 맛의 상관성을 과학적으로 증명해 '괴짜 과학자의 노벨상'이라고 불리는 이그노벨상을 받기도 한 심리학자가 쓴 책이다. 그는 옥스퍼드 대학에 속한 통합감각연구소의 소장이기도 하다. 이 책에 저자가 붙인 원래 제목은 Gastrophysics였다고 한다. Gastronomy(미식학)와

Physics(물리학)의 합성어다. 이것은 저자가 인지과학과 뇌과학, 심리학 그리고 여기에 디자인과 마케팅 분야까지 융합해 창안한 신종 학문 분야란다.

요리사가 직업인 나는 이 책이 정말 재미있었다. 저자가 들려주는 이야기들이 마치 눈앞에서 그대로 펼쳐지는 듯 생생했다. 그중 하나, 뇌의 기본적인 임무 중 하나는 먹을 수 있는 것과 먹으면 죽는 것을 구분해 판단하는 것이다. 이것이 요리에 대한 선입견이 불가피한 이유란다. 독이 들어 있을 법한 색이나 모양의 유형을 저장해 두었다가 위험을 경고해야 생존에 유리하기 때문이다.

그런데 재료나 요리의 이름도 선입견을 만드는 하나의 조건이라고 한다. 왠지 먹으면 큰일 날 것 같은 '파타고니아 이빨고기'는 그 이름을 '칠레산 농어' 혹은 '메로'로 바꾸고 나서 즉시 판매량이 10배 이상 올랐다고 한다. 이런 이야기들이 잔뜩 등장하는 〈왜 맛있을까〉를 읽다가 문득 이런 생각이 들었다. '요리사에게 호통을 쳤을 때 음식의 맛은 어떻게 변할까?' 나는 찰스 스펜스에게 이 주제도 한번 연구해 보라고 권하고 싶었다.

요리사가 된 지 10년 차가 됐을 때 나는 한마디로 자신만만, 기세등등, 의기양양… 뭐 대충 그런 태도로 살고 있었다. 새로운 샐러드를 개발하는 임무가 주어졌다. 맛은 끝내주면서도 건강한 한 끼 식사가 될 수 있는, 그런 '압도적인 샐러드'를 한번 만들어보자고 마음먹었다. 모두 5종의 샐러드를 만들었다. 육해공, 즉 소고기·해산물·치킨까지 다 들어가는, 정말 끝내주는 샐러드를 완성했다.

나는 스승인 조형학 셰프에게 달려갔다. 그리고 메뉴 프레젠테이션을 했다. 이제 칭찬 들을 일만 남았다고 생각했다. 내 요리를 맛보는 스승의 모습을 초롱초롱한 눈으로 지켜보았다. 이윽고 스승이 나를 쳐다보았다. 나는 미소를 머금었다. 그 순간 스승의 입에서 나온 말씀에 나는 내 귀를 의심했다.

"요리가 뭐 이래? 맛이 다 비슷하잖아! 드레싱을 올리브 오일과 겨우 한 가지 식초로만 만든 거야?", "다양한 맛을 느낄 수 있도록 더 깊이 생각해서 만들어야지. 겨우 이 정도야? 실망이네."

나의 자신만만, 기세등등, 의기양양, 기타 등등은 순식간에 먼지가 되어 날아갔다. 몹시 부끄러워하는 나를 곁에 세우고는 샐러드 만드는 법을 상세하게 가르쳐주셨다. 발사믹 비네거, 셰리 비네거, 샴페인 비네거, 레드와인 비네거, 레몬 드레싱, 올리브 오일, 포도씨 오일, 해바라기 오일, 너트 오일…. 이 수많은 드레싱을 만들 수 있는 조합을 나에게 알려주었다. 나는 그 많은 것들을 그 순간에 다 외웠다. 내가 외웠다기보다는 나의 부끄러움이 그것을 외우게 했다. 그날 내가 배운 가장 중요한 요리의 덕목은 바로 '조화와 균형'에 관한 것이었다. 부끄러움이 각인한 것은 뇌에 인두처럼 새겨진다. 인간에게 부끄러움이라는 감정이 왜 필요한 것인지 나는 그날 깨달았다.

그날 이후 거의 20년 가까운 세월이 지났지만 그날을 절대 잊지 못한다. 아마도 그날이 내가 진짜 요리사가 된 첫날이었기 때문일 것이다. 이제 나에게도 나를 스승처럼 여기는 후배들이 있다. 그래서 요즘 나에게 자주 묻는다. '너는 내 스승과 같은 스승이 될 수 있을까?', '요리만이 아니라 부끄러움까지도 가르쳐주는 사람이 될 수 있을까?'

그러고 보니 부끄러워할 줄 알았던 후배들은 예외 없이 훌륭하게 성장했다. 언젠가는 부끄러움을 깨닫게 하는 요리를 한번 만들어보고 싶다.

03 음식 습관에 인생이 담겨 있다

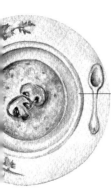

〈음식의 심리학〉
(멜라니 뮐&디아나 폰 코프 지음, 송소민 옮김, 반니, 2017)

아주 가끔은, 책을 읽다 말고 마지막 페이지를 열어 자주 분량을 확인할 때가 있다. 한 장씩 책장을 넘기는 것조차 조심스럽고 아까운, 그런 기분…, 그렇다. 읽고 있는 책이 정말이지 미치도록 재미있을 때다. 나에게 〈음식의 심리학〉은 바로 그런 책이었다. 코흘리개 시절, 맛있는 것을 아껴 먹을 때와 똑같이 나는 이 책의 모든 페이지를 조금씩 여러 번 핥아먹었다.

문학을 전공한 멜라니 뮐과 심리학을 전공한 디아나 폰 코프, 이 책의 공저자인 두 사람은 모두 독일에서 활동하고 있는 저널리스트다. 이들은 우리의 식탁에서 일상적으로 벌어지는 무심한 행동들을 행동심리학과 뇌과학을 근거로 흥미롭게 설명한다.

세계 최고의 직장이라 불리는 구글의 직원 식당에서는 작은 접시를 사용한다고 한다. 작은 접시를 통해 처음부터 적게 먹도록 유도하는 것이다. 과식을 막음으로써 회사 인재들의 건강을 지켜주고 동시에 업무 효율을 높이려는 의도라는 것이다. 이뿐만이 아니다. 접시의 색깔에 적용한 신호등 개념도 기가 막히다. 빨간색은 너무 자주 먹지 말라는 사인으로 읽히고, 노란색은 가끔씩, 녹색은 언제든지 먹어도 된다는 뜻이 된다. 색체심리학을 이용해 직원들의 긍정적인 결정을 돕는 것이다. 행동심리학을 구내식당의 운영시스템에도 적용하고 있다는 것인데, 바로 이런 섬세함이야말로 세계 최고의 기업을 일군 배경이 아닐까 싶다. 아무튼 이렇게 부드러운 개입으로 더 좋은 선택을 하도록 행동을 유도하는 것을 '넛지 효과(Nudge Effect)'라고 이 책은 알려준다.

장 앙텔름 브리야 사바랭이라는 사람이 있다. 프랑스 출신의 법관이자 미식평론가인데, 그가 1825년에 쓴 〈Physiologie du goût(미각의 생리학)〉은 한마디로 '미식담론의 경전'으로 추앙받는 책이다. 그는 "당신이 무엇을 먹는지 말해달라. 그러면 당신이 어떤 사람인지 말해주겠다"고 했단다. 비유적으로 표현하자면 〈음식의 심리학〉을 쓴 두 저자는 브리야 사바랭을 신당에 모신 샤먼들 같다. 최신의 과학들을 동원해 브리야 사바랭의 명제를 풀어 간다. 아주 확실하고도 친절하게 말이다.

"웨이터가 날씬하면 우리는 먹는 양을 매우 조심한다. 날씬한 웨이터는 인격화한 양심의 가책이다. 웨이터의 몸무게보다 훨씬 더 큰 영향을 주는 것은 식탁에서 다른 사람이 먹는 태도다. 음식을 급하게 먹는 사람들과 같이 앉아 있으면 자연히 그 속도에 맞춘다. 다른 사람이 사과주스를 시키면 맥주는 잘 안 시킨다. 상대방이 뚱뚱하면 더 많이 먹는다."(책_191쪽) 책에 등장하는 이런 대목은 빙산의 일각이지만, 이 책의 흥미로움에 대해 조금은 실감나게 해줄지 모르겠다.

〈음식의 심리학〉은 비싼 와인이 더 맛있는 이유를 플라시보 효과(Placebo Effect)를 근거로 설명하기도 하고, '기네스 팰트로를 믿지 말라'는 엉뚱한 조언을 하는가 하면, 비즈니스의 성공을 위한 특별한 식사법 같은 실용적인 팁에 이르기까지, 실로 종횡무진 이야기를 펼쳐나간다.

우리가 하루 동안 음식 때문에 결정을 해야 하는 순간은 무려 200번이 넘는다고 한다. 물론 사람이 이 모든 선택의 순간에 이성과 지성을 동원하진 않는다. 먹는 것에 대한 선택의 대부분은 잠재의식이 그 임무를 떠맡는다. 그러는 편이 다른 일에 신경을 더 많이 쓸 수 있어 실용적이기 때문이라고 한다. 그렇다면 누군가가 먹는 선택을 어떤 방식으로 하는지를 살펴보고 분석할 수 있다면, 그 사람의 잠재의식을 고스란히 들여다볼 수 있다는 뜻도 된다. 정말 매력적이지 않은가!

19대 대선 대통령 후보들의 유세 때도 나는 그들의 식습관을 관찰했다. 국정농단 사태 이후 나는 벼르고 있었다. 말만 그럴듯하고 자신의 기득권과 이익만을 지키려는 자들, 그리고 진심이 없는 정치를 하는 자들은 이번엔 반드시 퇴출시켜야 한다고 마음먹었다. 나의 직업은 요리사이니 가장 나다운 방법으로 지도자를 선택하기로 했다. 나는 후보들이 시장통 유세를 다니는 영상을 찾아냈다. 그리고 후보들의 먹는 모습을 꼼꼼하게 비교해 보았다. 음식을 보는 시선, 그것을 집어드는 손 모양, 입에 넣어 씹고 삼킬 때의 표정 등등.

〈음식의 심리학〉을 읽은 것이 큰 도움이 됐다. 먹는 자세만으로도 후보들의 잠재의식과 감추어진 품성까지 환히 보이는 듯했다. 거친 음식을 드시는 모습이 가장 아름답고 품위 있던 바로 그분께, 내 소중한 한 표를 행사했다.

04 | 식사에 담긴 문화의 변화

<한국인들은 왜 이렇게 먹을까?>
(주영하 지음, 휴머니스트, 2018)

　지난해 열린 평창동계올림픽은 나에게도 특별한 이벤트였다. 개막식 행사 연회 음식을 만드는 업무를 호텔 동료들과 함께하게 된 것이다. 1988년 서울올림픽 때 나는 22살 대학생이었다. 그때의 난 그다지 적극적이거나 활발한 청춘이 아니었다. 당시 급격히 기운 가세 때문에 학비가 비싼 사립대 진학을 하지 못하고 지방 국립대로 진학했다. 그래서일까, 당시 나는 많은 시간을 골방에서 우울하게 보냈다. 결국 또래들이 올림픽 자원봉사자로 참여할 때 나는 방바닥을 뒹굴며 TV로만 올림픽을 봤다.

비록 나에겐 그토록 시시하게 시작된 올림픽이었지만, 서울올림픽을 통해 수많은 감동의 드라마가 만들어졌다. 나는 국가대표 선수들의 아름다운 스포츠 정신, 그리고 그들의 눈물과 노력에 감탄하며 박수를 쳤다. 한없이 어둡기만 했던 내 청춘에게 올림픽은 인간의 의지와 희망이 어떤 의미를 갖는지를 깨닫게 해준 인생 모티브가 되었다. 서울올림픽이 끝난 후 친구들이 올림픽 현장에서 겪은 생생한 경험을 나누며 즐거워할 때 난 그들이 마냥 부러웠고, 뒤늦은 후회도 했다. 다시 한국에서 올림픽이 열린다면 그땐 꼭 참여하리라고 마음먹었다. 그렇게 30년이 훌쩍 지났다. 그 사이 중년이 된 나는 드디어 올림픽에 참여한다. 내 인생은 참 신기하다. 모든 꿈이 이루어진다.

올림픽 개막날이 다가올수록 두근두근 설레는 마음과 태산 같은 걱정이 함께 몰려왔다. 개막식 행사 연회는 한꺼번에 수천 명분의 음식을 만들어야 하는 일이다. 오랫동안 손발을 맞춰온 대한민국 최고 요리사 동료들과 함께하는 일이니 잘 해내긴 하겠지만, 그래도 결전을 앞둔 셰프들의 심경은 노르망디를 향하는 병사의 기분이랄까, 심장이 뛴다.

이런 긴장을 누그러뜨리는 데 즉효약은 역시 독서다. 새해를 맞아 사두었던 몇 권의 신간이 있었다. 그중에서 주영하 교수의

〈한국인들은 왜 이렇게 먹을까?〉를 선택했다. 표지와 제목이 풍기는 인상은 옛사람들의 이야기들이 많이 등장할 것 같았고, 그것이 내 마음을 좀 한가하게 만들어주길 바랐다. 하지만 이런 바람은 책을 펼치자마자 깨졌다. 책이 지나치게 흥미진진했던 탓이다. 소파에 비스듬히 누워 읽기 시작했는데, 곧 몸을 바로 세워 앉게 하는 책이었다.

〈한국인들은 왜 이렇게 먹을까?〉의 지은이 주영하 교수는 음식을 문화와 인문학, 역사학적인 시선으로 해석하고 연구하는 음식 인문학자이다. 그는 책에서 이런 것을 묻는다. 한국인들은 왜 음식을 한 상 가득 차려놓고, 불편한 양반다리 자세로 앉아서 다 같이 찌개를 떠먹으며, 술잔은 서로 돌리며 마시고 있는지…. 책을 읽는 내내 머릿속에서 '맞아, 늘 이게 궁금했지!'와 '나는 왜 이런 것을 궁금해하지 않았을까?'라는 생각이 오간다. 책은 우리의 식사 방식이 생겨난 배경과 변화 과정을 사회사적 차원에서 설명하고 있다. 연신 무릎을 치며 읽게 만든다.

이 책에서 가장 흥미로웠던 부분은 지난 100년 동안 한국인의 식사 방식의 변화를 시대상과 함께 설명하는 부분이다. 불과 100년 사이 이토록 엄청난 문화적 변화가 있었다니, 새삼 놀랍기만 하다. 저자가 들려주는 식기의 변화 이야기가 대표적이다.

일제 식민지 시기를 거치면서 조선의 도자기 산업은 고스란히 일본인의 손에 넘어갔고, 그 결과 조선 후기까지 주로 쓰인 막사기는 저렴한 질그릇과 오지그릇으로 대체되었다고 한다. 그러다가 한국전쟁을 겪으면서 잠시 양은그릇이 퍼졌고, 이후 멜라민수지 그릇과 스테인리스 스틸 그릇이 유행한다. 특히 1960년대 이후 한식을 파는 음식점에서는 스테인리스 밥공기가 필수품처럼 확산되었는데, 그 배경에는 규격화된 밥공기를 통해 쌀 소비를 줄이려는 정부 시책이 있었다는 설명이다.

식당 밥그릇 하나에도 이런 사회적·문화적 배경이 있었다는 사실이 그저 놀라웠다. 저자는 오늘날 음식점 밥그릇의 모양을 거론하며 이렇게 쓰고 있다. "이런 잡종적 식기와 식사도구는 식민지 경험, 한국전쟁 중의 피난 경험, 급속한 도시화 과정에서 진행된 이주의 경험, 그리고 모든 행위 기준을 효율성에만 맞추는 신자유주의의 경험에서 나왔다."

호텔에서 일하는 내가, 매일 별 생각도 없이 음식을 예쁘게 담기 위해 쓰는 작은 접시 하나조차 세월이 흐르고 나면, 이런 시선으로 해부되고 의미가 부여될 것이 아닌가! 여기에 생각이 미치자 갑자기 진땀이 흘렀다. '이번 올림픽 개막식 행사 연회 때 어떤 그릇을 쓰기로 했지?' 확인하느라 좀 분주한 한 주를 보냈다.

05

손이 아니라 마음으로 만든다

〈딸에게 차려주는 식탁〉(김진영 지음, 인플루엔셜, 2017)

평창동계올림픽도 막을 내렸고 이제 역사 속으로 들어갔다. 그 역사의 한 페이지에 내가 있었다. 나의 기억 속에선 영원한 진행형으로 간직될 것이다. 30년 가까이 호텔에서 일하는 동안 큰 행사를 여러 번 치러보긴 했지만, 2018년 2월 9일 평창동계올림픽 개막식은 나에겐 말 그대로 '역대급' 행사였다. 무려 5,000명 분의 음식! 지금 생각해도 꿈을 꾸는 듯 느껴진다.

'꿈을 꾸는 것 같다'는 말은 여기서 관습적인 미사여구가 아니다. 정신없는 것을 넘어 미친 듯이 바쁘게 움직여야 하는 시간 속에 있다 보면, 간혹 주방의 시간이 정지되어 모든 것이 멈춰 있고, 그 정적 속에서 나만 순간이동하며 움직이고 있는 듯한 환영이 보이기도 한다. 그날도 그랬다. 개회식에 참가하는 모든 나라의 선수들, 그리고 올림픽 경기를 취재하러 온 방송 관계자들, 그리고 올림픽 운영위원들, 세계 각국의 정상들을 위한 5,000명이 먹을 음식을 한꺼번에 요리해 내놔야 했다. 이런 임무를 수행하는 주방의 풍경에는, 말하자면 스펙터클이 있다. 이런 장관은 보기 드물다.

우린 올림픽 행사 세 달 전부터 준비에 들어갔다. 메뉴 선택을 하고, 거기에 필요한 장비와 기구들을 미리 준비했다. 이어서 생산을 위한 시스템 점검, 인력 점검, 운반 계획까지 세우는 동안 정말 숨 막히는 긴장의 연속이었다. 과연 잘 해낼 수 있을까 하는 불안감 때문에 셰프들은 밤잠을 설치는 날이 많았다. 음식이 절대 모자라면 안 된다는 올림픽 운영위원회의 신신당부가 있었기에 우리는 큰 부담을 가질 수밖에 없었다. 다행히 계획한 대로 일은 착착 진행되었다.

 그러던 중에 평창에서 노로바이러스에 의한 위생사고 소식이 들려왔다. 우리는 초긴장 상태에 돌입했다. 요리사들에게 위생사고는 전운이 감도는 전장에서 드디어 총격전이 시작된 것과 같다. 위생규칙을 완벽하게 적용시키기 위해 점검에 점검을 거듭했다. 그때부터 주방에서의 소음도 완전히 달라졌다. 모두가 마스크에 조리모를 쓰고 위생장갑을 낀 채로 작업을 하니 말을 자유롭게 할 수가 없었던 것이다. 모두가 작업에 꼭 필요한 말만 하게 되는데, 이마저도 마스크에 걸려 멀리 전달되지 않았다. 소리와 움직임이 달라진 주방. 그 익숙했던 공간이 순식간에 그로테스크한 풍경이 되었다.

 개막식 전날 밤. 우리는 밤을 새워 5,000명 분의 음식과 장비들을 포장했다. 포장도 평소와는 차원이 달랐다. 음식을 포장하고 나면 일일이 봉인을 별도로 해야 했다. 혹시 모를 사고나 테러를 원천봉쇄하기 위한 조치다. 이제 음식과 장비들을 차에 실어야 한다. 6대의 트럭에 옮겨 싣는 데에만 무려 3시간이 넘게 걸렸다. 새벽 6시. 이제 출발준비가 끝났다. 100명이 넘는 조리 서비스 인력이 버스에 나눠 타고 출발했다. 마지막 버스 맨 앞에 앉아 있던 나는 경찰차의 도움을 받으며 비상 라이트를 번쩍이며 달리는 일행의 차량 행렬을 볼 수 있었다. 이 또한 장관이었다. 경찰들의 호위를 받으니 마치 국빈이라도 된 듯한 기분이 들기도 했다. 그런 낯선 풍경과 기분 탓인지, 부족한 잠 때문인지, 평창을 향해 달리는 차 안에서의 시간이 마치 꿈처럼 느껴졌다.

나는 달리는 차 안에서 마음으로 기도했다. 무사히 이 임무를 마칠 수 있기를, 이 엄청난 노고를 바친 우리들 모두가 웃으며 돌아올 수 있기를 나는 기도했다. 자식의 안전을 기원하는 부모의 심정이라면 지나친 비유일까? 아니다. 나는 그 순간 그만큼 간절했다. 하지만 하염없는 걱정보다는 긍정적인 생각을 하는 것이 나을 것 같았다. 긴장하지 않아야 결과가 더 좋지 않겠는가 생각했다.

우리 호텔 팀의 셰프들이 정성을 다해 만든 음식을 먹고 마시면서 행복한 미소를 짓는 사람들의 모습을 떠올렸다. 올림픽 참가선수들과 각국 정상들과 귀빈들이 즐겁게 웃으며 행복해하는 모습이 보였다. 행복을 떠올리며 만든 음식은 그것을 먹는 사람에게 분명히 행복한 시간을 만들어준다고 나는 믿는다.

　우리는 올림픽 폐회식 행사에도 참여했다. 올림픽이 끝나자마
자 읽기 시작한 책은 〈딸에게 차려주는 식탁〉이다. 나 같은 딸바
보 아빠가 쓴 책이다. 사랑과 마음을 담는 음식에 대한 책이라 선
택했다. 내가 평창에서 느낀 것들 덕분에 더욱 많이 공감할 수 있
을 것 같았다. 저자 김진영 씨는 나와도 공통점이 많았다. 딸바보
라는 것 외에 식품공학을 전공한 것도 같았다. 그는 전국 방방곡
곡을 돌면서 최고의 식재료를 찾아다니는 식재료 전문가로, 백
화점 근무를 시작으로 식재료 구매담당자로도 일했다. 지금은
일간지 칼럼 연재와 방송에서 건강한 밥상을 알리기 위해 활동
하고 있는 사람이다.

　그가 스스로에게 '유니셰프'라는 별명을 붙인 것이 인상적이
었다. 자신의 외동딸 '윤희를 위한 요리사'라는 뜻을 담은 별명이
란다. 그는 이 책에서 딸을 위해 식사를 준비하면서 겪는 딸과의
에피소드들과 딸을 향한 마음을 진솔하게 적고 있다.

　칼국수를 끓이던 어머니께서 저자를 위해 수제비를 넣어 칼제
비를 끓이셨듯이, 저자는 라면 면발을 넣어 윤희를 위해 '라제비'
를 끓인다. "윤희에게 맛있는 라제비를 끓어줄 수 있으니 그것만

으로도 나는 만족한다. 비가 오는 날이면 윤희도 아빠가 끓여주던 라제비가 생각날 때가 올 거다. 라제비 대신 수제비를 좋아하는 날이 올지도 모른다. 그럴 때 뜨끈한 국물을 먹으며 아빠를 기억해주면 된다."(책_45쪽)

딸을 키우는 입장에서 정말 공감하며 무릎을 탁 치게 하는 그런 이야기들이었다. 나는 순식간에 몰입하여 읽었다. 그의 책을 통해서 나는 다시 확인할 수 있었다. 진정한 음식은 손이 아니라 마음이 만드는 것이며, 기술이 아니라 사랑이라는 것을 말이다.

그날의 일들을 정답게 재잘거리는 아이와 함께하는 밥상, 나는 이 행복감이야말로 신의 선물이라고 확신한다. 〈딸에게 차려주는 식탁〉과 함께 언젠가 내가 쓴 이 글들도 내 딸이 꼭 읽어주길 바란다. 살면서 힘들고 지칠 때마다 딸이 이 바보 아빠의 사랑을 떠올리며 힘을 얻을 수 있길, 간절한 마음으로 빈다.

06

주방의 성차별을 향한 일침

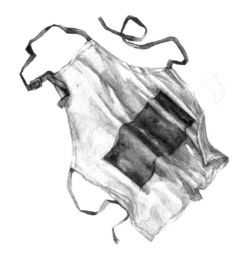

〈여성 셰프 분투기〉
(데버러 A. 해리스 & 패티 주프리 지음, 김하연 옮김, 현실문화, 2017)

책

그녀가 시원한 얼음물 한잔을 나에게 내민다. 고맙다는 인사조차 하지 못하고 얼른 받아든 그 얼음물을 벌컥벌컥 들이켰다. 세상에 이런 물맛이라니! 온몸의 세포가 다시 살아나는 느낌이다. 물을 생명에 비유하는 이유를 단박에 이해하는 순간이다.

며칠 동안 우리 호텔의 주방은 정말 미친 듯이 바빴다. 호텔의 대형 연회행사는 이상하리만치 비슷한 날짜에 겹친다. 요리사들에게 이런 날들은 말 그대로 전쟁 같은 시간이다. 정신줄을 놓아서도 안 되고, 질 수도 없는 절체절명의 전투가 계속 이어진다.

총괄 셰프는 행사의 성격에 따라 서비스를 위한 테이블을 몇 개로 할 것인지, 키친 스태프들을 몇 명씩 조별로 나누어 라인에 배정할 것인지를 결정한다. 그런 다음 서비스맨들의 동선을 확보하고, 주방의 라인셰프들에게 각자 역할을 숙지시킨다. 이건 아주 중요한 과정이다. 주방 구성원 간에 손발이 맞지 않으면 요리 제공 시간을 놓치게 되고, 그러면 고객의 '컴플레인'이 발생한다. 손님의 입장에선 자신이 주문한 음식이 늦는 것에 대해 재차 확인하는 간단한 대응일 수 있지만, 요리사들에게 고객 '컴플레인'은 호텔리어로서의 자존심이 크게 무너지는 순간이기도 하다.

이번 행사도 무사히 잘 끝났다. 하지만 기진맥진, 다들 손가락

하나 까딱할 수도 없을 만큼 힘에 겨운 표정들이다. 그녀가 얼음물을 가져와 요리사들에게 돌린 것은 바로 그때였다. 건네받은 물을 마시고 정신이 좀 들자, 생글생글 웃는 얼굴로 요리사들을 챙기고 있는 그녀의 모습이 눈에 들어왔다. 주방의 팀원 셰프인 박현주 선임과장 그녀는 이렇게 다른 사람을 챙긴다. 30여 년 가깝게 주방에서 일을 했지만 사내들이 이러는 것을 본 적이 없다. 타인의 상황이나 마음을 섬세하게 헤아리는 것 말이다.

항상 웃는 얼굴의 그녀도 가끔씩 안절부절못할 때가 있다. 집에서 전화가 걸려올 때 그렇다. 두 아이의 엄마이자 아내이며, 또 며느리인 그녀는 육아와 가사 문제가 항상 고민이기에 가끔씩 한숨을 쉬곤 한다. 그러고 보니 그녀가 힘들어 보일 때 나는 따뜻한 위로의 말 한마디 표현한 적이 없었다. 늘 사람으로 북적이는 이 주방조차 그녀에겐 한없이 외로운 공간이겠다는 생각이 문득 들었다.

내가 오랫동안 호텔에 근무하며 보았던 여자 요리사들은 몇 년 지나면서 직업을 포기하곤 했다. 결혼과 출산, 육아와 가사노동을 일과 병행하기 힘들기 때문일 것이다. 며칠 전 읽은 책 〈여성 셰프 분투기〉로 인해 이런 사정이 미국이라고 크게 다르지 않다는 걸 알게 되었다. 공저자인 데버러 A. 해리스와 패티 주프리는 텍사스 주립대 사회학과 교수들이다. 음식의 사회학, 불평등과 젠더, 일과 직업 등에 관심이 많은 이 사회학자들은 우선 이런 질문을 던진다. '왜 남자 요리사는 많은데, 여자 요리사는 우리 눈에 잘 보이지 않을까?'

이들은 텍사스 지역 여자 요리사 33명을 직접 찾아가 인터뷰한다. 그렇게 알게 된 사실들을 하나하나 책에서 밝히고 있다. 전문 요리사 세계에서 여성 차별과 배제의 현실이라든지, 푸드 미디어가 여성 차별과 배제에 어떤 역할을 하는지도 알려준다. 여성 셰프의 요리를 다룬 기사는 만들어지는 대상, 즉 음식에만 초점을 맞춘다. 책을 인용하면, 여성 셰프가 만든 요리는 미디어의 평가조차도 여성 배제 전략에 희생양이 되기 쉽다.

"매력적인 요리를 만들어내는 과정이나 기술적인 면에는 거의 관심을 보이지 않는다. 자신만의 비전을 요리에 담아낸다는 식으로 묘사되는 일도 거의 없다. 여성 셰프의 동기는 더 단순해서 만족스러운 맛의 요리를 만들어내는 게 전부다. 이와 비슷하게 여성 셰프에게 주어지는 찬사는 요리를 만드는 사람의 특성(즉 특정 메뉴를 구상할 때 필요한 창조성이나 기술)까지 도달하지 못하고 오직 요리 그 자체(기자의 눈앞에 놓여 있는 요리)에만 한정된다." (책_87쪽)

여자 요리사들은 남자들만으로 구성된 이 세계에 발을 내딛자마자 낯선 침입자로 인식된다는 것이다. 여성이라 상대적으로 근력이 떨어지니 자신들의 주방 일에 온전한 도움을 받을 수 없을 것이라는, 굳건한 선입관과 편견이 존재한다. 거기에 성차별적 말과 행동들. "여자가 뭐 하냐?"는 뜻의 눈빛과 "여자니까 그 정도만 하면 됐고, 이거나 해!"라는 동료들의 말은 마음에 커다란 상처가 되었을 것이 분명하다.

30년 가까이 호텔 요리사로 일을 하며 내가 깨달은 것 중 하나는 여자 요리사가 여성이라서 차별받아야 할 이유가 하나도 없다는 사실이다. 물론 절대적인 근력의 차이는 있을 수 있다. 하지만 공감능력과 섬세함 등은 남성들에 비해 평균적으로 뛰어나다. 많은 수의 요리사들이 조직적으로 극도로 섬세하게 움직여야 하는 호텔 주방에서 공감능력과 섬세함은 단순한 근력보다 월등하게 필요한 덕목이다. 철근과 시멘트가 결합되어야만 튼튼하고 높은 빌딩을 지을 수 있는 원리와 같다. 철근은 당기는 힘에 강하고 시멘트는 누르는 힘에 강하다. 둘의 특성이 합쳐져야만 건물이 완성이 되는 것이다.

전쟁 같은 며칠 동안 그 기진맥진한 순간, 내 손에 건네진 얼음물 한잔. 지금 이 순간 그녀의 잔을 대체할 그 어떤 것이 있을까? 결단코 없다! 똑같은 격무로 자신도 손가락 하나 움직이기도 어려울 만큼 힘이 들 텐데, 어떻게 이런 마음이 나오고, 또한 이를 행하는지 나는 박현주 과장이 보여준 배려가 경이로울 따름이다. 얼음물 한잔을 가장 필요한 사람에게 가장 필요한 순간에 건넬 줄 아는 것. 내 생각에 그것이 바로 마음의 힘이다. 남자들은 여전히 마음을 쓰는 것을 잘 모른다. 모르면 배워야 한다.

| **흥미를 넘어 독자를 감동시키는 책**

〈식사 食史〉(황광해 지음, 하빌리스, 2017)

임프로비제이션(improvisation)은 음악에서 곡을 창작하여 악보에 적지 않고 즉석에서 연주하는 행위를 뜻하는 말이다. 즉 작곡과 연주를 동시에 행하는 매혹적인 음악행위다. 매혹적일 수밖에 없는 것이, 이것은 보통의 실력으로 보여줄 수 있는 것이 아니기 때문이다. 틀에 박힌 기술적인 행위가 아니라, 자신의 내면에서 자유롭게 날아오르는 영감을 그대로 표현해 내는, 전적으로 예술적인 행위가 바로 즉흥연주다. 따라서 음악이라는 분야에서는 최고의 실력자들만이 멋진 즉흥연주를 선보일 수 있을 것이다.

재즈 음악을 듣다가 문득 이런 재미있는 생각이 들었다. "즉흥요리는 전문 요리사들보다 주부들이 훨씬 더 훌륭하게 해내지 않나? 그럼 전문 요리사와 주부 중 누가 더 고수지?" 우리 같은 요리사들이야 요리에 사용하는 재료들과 도구까지 거의 완벽하게 갖춰놓고 요리를 하지만, 일반 가정집이라면 어떤 요리를 시도하더라도 그렇게 모두 갖추고 할 수 있는 여건이 안 될 것이다. 한 가족의 한 끼 식사에 사용하고 말기엔 아까운 재료들도 많기 때문에 가정 주방의 완벽한 요리 여건이란 바람직하지도 않고, 권장할 만한 일도 아니다.

아무튼 집에서 요리를 할 땐 늘 뭔가 부족하거나 빠진 재료가 있기 마련이다. 하지만 경험 많은 주부들은 부족한 재료로도 기가 막힌 맛을 만들어낸다. 요리를 좋아하는 사람들이 모인 소셜 커뮤니티의 포스팅을 보면, 어떤 재료가 없어서 다른 어떤 것으로 대체했더니 더 좋은 맛이 났다거나 하는 요리모험 성공담들이 자주 등장한다. 요리사인 내가 보기에도 무릎을 칠 만큼 기발한 아이디어들이다. 나는 그런 유쾌한 모습들을 보면서 주부들이 우리 같은 전문가들보다 훨씬 고수들이 아닌가 싶기도 하다. 즉흥요리를 척척 해내는 주부들을 볼 때면 마치 최고의 재즈 뮤지션처럼 느껴진다.

나는 호텔에서 새로운 메뉴를 개발해야 하는 업무도 함께 맡고 있다. 이것은 생각보다 매우 힘든 일이기도 하지만, 정해진 매뉴얼대로만 요리를 해야 하는 것이 아니기 때문에 무척 신이 나는 일이기도 하다. 물론 새 메뉴를 개발할 때도 많은 책들과 기존의 레시피들을 보면서 만들어야 한다. 하지만 이 맛이 아니다 싶으면 내 생각대로 즉흥적으로 요리하는 경우도 있다.

확실히 요리는 예술적인 측면이 있다. 어떨 때에는 예상했던 것보다 월등하게 뛰어난 맛이 나와서 스스로도 놀랄 때가 있으니 말이다. 기술이 정확히 계산된 기대치에 부합시켜 나가는 것이라면, 예술은 계산과 기대치를 훌쩍 넘어가도 되는 것이다. 그런데 즉흥요리를 하다 보면 가끔 아주 황당할 때가 있다. 다음날 똑같이 만들었는데 그 맛이 안 나는 경우다. 모든 과정을 그때그때 메모를 해둬야 하는데, 사실 계속 손을 사용해야 하는 요리의 특성상 메모는 참으로 번거로운 일이다. 아무튼 기억을 짜내고 이것저것 다시 시도해 보면서 어제의 맛을 찾아야 한다. 하지만 결국은 다시 찾지 못해 영원히 만날 수 없게 된 맛도 있다.

뭔가 새로운 것을 만들려면 무한한 정보들 속에서 내가 생각했던 것들이 과연 존재하는지에 대한 정보를 찾아 확인해야 한다. 이럴 때 책은 요리사의 보물지도다. 최근에도 딱 그런 보물지도 한 장을 손에 넣었다. 〈식사 食史: 고전에서 길어 올린 한식 이야기〉라는 제목의 책이다. 아주 오래전부터 존재했던 보물 같은 전통음식들에 관한 이야기를 옛 문헌을 동원해 찾아내고 사실관계까지 일일이 확인한 다음 잘못 전해지는 것들을 바로잡아 알려주는 책이다.

저자인 황광해는 19년 동안 신문기자로서 전국의 맛집을 취재한 저널리스트 출신의 맛 칼럼리스트다. 저널리스트답게 독자들의 호기심을 정확하게 파악해 시종 아주 흥미진진한 이야기들을 펼쳐놓는다. 이 책은 일단 한번 손에 들면 도저히 중간에 놓을 수가 없다.

한식에 대한 기록이 있는 고전이 이렇게 많았구나 하고 감탄이 나올 만큼 다양한 문헌들 속에서 음식의 역사를 하나하나 복원해 가고 있다. 〈산림경제〉, 〈임하필기〉, 〈오주연문장전산고〉, 〈조선왕조실록〉, 〈승정원일기〉, 장계향의 〈음식디미방〉, 허균의 〈도문대작〉, 신윤복의 그림 〈주사거배〉까지 참으로 다양하다. 신선로는 궁중음식이 아니라는 이야기부터 물에 밥을 말아먹는 수반, 당면잡채의 가슴 아픈 유래와 조선시대에 먹었던 버터 이야기 등등 이 책에서는 우리의 전통 음식에 관한 이야기가 끝없이 이어진다.

나는 이 책을 읽으며 우리가 매일 먹는 한 끼 식사에도 유전자가 있음을 알 수 있었다. 어머니의 어머니의 어머니의 어머니로부터, 그렇게 끝없이 이어져 내려온 맛의 유전자. 지금 내 밥상 위에 놓인 것은 단지 한 끼의 허기를 채울 식량만이 아니었다. 이것은 인간의 몸 밖에서 만들어져 인간을 인간으로서 지금까지 이어지게 만든 또 하나의 유전자였다. 흥미를 넘어 읽는 사람을 묘하게 감동시키는 신묘한 책이다.

08

햄버거 모양을 한 무엇은?
바로 새로운 생각

〈아이디어 요리하는 아이디어〉(박종하 지음, 끌리는책, 2016)

아! 오늘 부로 난 잘렸구나! 정신이 아득해졌다.

이젠 옛일이 되었지만, 그때만 생각하면 난 지금도 표정이 얼어붙는다. 내가 호텔에서 메뉴 개발 업무를 시작한 것은 2000년대 초반이었다. 새로운 요리를 구상하고 기획한 다음 실험을 거쳐 레시피를 확정한다. 그렇게 새로운 메뉴 하나를 개발하는 일은 결코 쉬운 일이 아니다. 게다가 내가 속한 곳은 대한민국에서 가장 오래된 호텔이며, 최소한 70년 이상 '그 호텔 음식은 우리나라 최고'라는 세간의 평가를 받아온 곳이다. 그러니 요리사로서 호텔의 일원이라는 것은 대단히 영예로운 일이지만, 동시에 어마어마한 마음의 짐을 지고 하루하루를 살아야 한다는 뜻을 내포하고 있기도 하다. 최고를 만들어내면 기본이 되고, 최고를 만들어내지 못하면 속된 말로 '맛이 가는 것'. 나는 바로 그런 살 떨리는 일을 지금까지 15년째 하고 있다.

처음 메뉴 개발이라는 업무를 시작했을 땐 나는 정말 막막했다. 누구도 가르쳐주지 않았고, 누구에게 물어볼 수도, 어디에서 배울 수도 없었기 때문이다. 어느 방향으로 가야 하는지, 어느 정도로 어떻게 해야 하는 것인지, 도대체 알 수 없어서 답답한 적이 한두 번이 아니었다. 좌충우돌 그렇게 막막했던 시절의 어느 날, 잘 다니던 직장에서 모가지가 날아가게 생겼다며 정신 아득해졌던 바로 그 사건(?)이 내게 일어난 것이다.

당시의 난 여러 종류의 햄버거들을 조사·연구하고 있었다. 햄버거의 모양이 간단해서 그렇지, 막상 그것을 만들어야 하는 입장에서 보면 꽤 복잡한 구성으로 되어 있다. 빵과 패티(patty. 다진 고기에 빵가루 따위를 넣고 동글납작하게 만들어서 구운 것. 주로 햄버거를 만들 때 빵 사이에 넣는다.), 갖가지 야채들과 소스 등등. 그것들의 조합은 일단 수학적 차원에서 거의 무한대인데, 그 조합에 따라 완전히 다른 맛을 내는 것이 바로 햄버거라는 요리다. 그것을 개발하고 있을 때였다.

아뿔싸! 메뉴 프레젠테이션과 테스트 날이 갑자기 촉박하게 잡히는 바람에 내가 개발하던 햄버거 패티를 급하게 보고해야 하는 일이 생긴 것이다. 나는 연구하고 있던 패티들 중에서 가장 자신 있는 것 10여 종을 골라 그 특징을 문서로 구분하고 정리했다. 그런데 이게 끝이 아니었다. 실물 테스트가 기다리고 있었으니, 그 다음날 있을 시제품 테스트를 준비하려면 밤을 꼬박 새워도 시간이 모자랄 판이었다. 하지만 그때의 나는 젊었고 자신감도 넘쳤다. 사실 '열정과 패기만 줄줄 흘러내렸다'고 표현하는 것이 더 정확하겠다.

아무튼 결론부터 말하자면, 그날 내가 밤을 새워가며 만든 건 음식이 아니었다. 끔찍할 만큼 매운, 좀 뻥을 섞자면 그걸 다 먹었다가는 생명이 위독해질 수도 있겠다 싶을 만한 그런, '햄버거 모양을 한 무엇'이었다. 나중에 알고 보니 고춧가루를 쓰면서 그 매운 정도를 내 혀로 직접 확인도 안 하고 그냥 사용했던 것이다. 평소 습관적으로 사용했던 고춧가루 병에 내용물이 바뀐 것을 몰랐던 거다(!). 좌우지간 확인을 하지 않았으니 그것은 전적으로 나의 책임이다. 열정과 패기는 피곤과 화학반응을 일으키며 요리사의 본분인 신중함과 섬세함이 완전히 마비되었던 탓이다.

　운명의 날이 밝았다. 요리품평회 행사에 참석했던 VIP들이 맵다고 한마디씩 하거나 인상이 구겨질 때마다 눈앞은 점점 노랗게 변해갔다. 자포자기의 심정으로 고개를 푹 숙이고는 품평회가 끝나길 기다리고 있었다. 그때, 정말 기적 같은 반전이 일어났다! 호텔 최고경영진 한 분이 나의 그 몹쓸 햄버거를 한입 베어 물더니, 마비되어 가는 혀를 겨우 가다듬으며 이렇게 품평했다. '엄청 맵지만 맛있게 매운맛이네. 매운맛만 조절하면 되겠다.' '아! 할렐루야~' 순간 내 귀에는 헨델의 〈메시아〉가 가득 울려 퍼졌다. 지옥에서 빠져나오는 기분이 딱 이럴까 싶었다.

　'어?'이디어를 '아!'이디어로 요리하는 101가지 레시피란 독특한 문구에 호기심이 생겨 최근 읽은 책은 〈아이디어 요리하는 아이디어〉다. 창의력 컨설턴트라는 독특한 직업을 가진 저자 박종

하는 맛있는 음식들을 먹으면서, 그리고 다양한 TV요리 프로그램과 셰프들의 활약을 보면서 아이디어를 만들어가는 과정이 요리와 비슷함을 깨달았다고 한다.

이 책은 우리가 일상에서 아이디어를 얻는 방법과 자세에 대해 조언하고 있다. 모든 비유와 설명이 요리를 모티브로 하고 있기 때문인지, 요리사인 나로선 정말이지 눈을 뗄 수 없을 만큼 재미있게 읽은 책이었다.

사람이 어떤 결정을 내릴 때 두 가지 이유가 있다고 한다. 하나는 합당한 이유와 진짜 이유. 여기서 말하는 진짜 이유란 감성에 의한 결정이다. 생각보다 먼저 일어나고 더 빠르게 움직이는 게 '느낌'이니까. 사람의 감정을 끌어당기는 아이디어와 감성을 통해 만들어지는 아이디어는 언제나 더 강력한 힘을 발휘하는 법이다. 내가 만들었던 햄버거 모양을 한 '그 무엇'은 이성적으로는 합당하지 않았을지라도 감성적으로는 흥미로웠던 것일까?

이 책을 읽으면서 나는 내 젊은 날의 실수를 떠올렸다. 그 일을 계기로 난 지금도 주방에서 음식을 만들 때 모든 재료를 하나하나 빠짐없이 직접 체크한다. 그런 습관을 가지게 된 계기가 됐으니, 그날의 시련은 그야말로 전화위복이 되었다고 할 수 있다.

하지만 한편으로 생각해 보면 만약 내가 이런 책을 그 시절에 미리 읽을 수 있었다면 그런 아찔한 실수들을 거치지 않고도 일을 잘 배울 수 있지 않았을까 싶기도 하다. 손을 쓰는 사람들은 종종 현장 경험이 중요하지 독서가 무슨 큰 도움이 되겠느냐고 말하고는 한다. 그러나 절대로 그렇지 않다. 극단적으로 비유하자면, 의학도가 갖가지 질병에 걸린 환자 모두를 죽이는 과정을 통해 각각의 치료법을 배울 수는 없지 않은가. 우리 요리사들도 마찬가지다. 그 많은 요리들을 모조리 실수를 통해서 배워야 하는 것이 아니다. 게다가 요리도 생명에 영향을 미치는 작업이다. 독서는 분명하고도 실제적인 경험이다. 나의 경우 독서를 통해 먼저 시뮬레이션을 하고 난 후 그 요리를 실제로 구현해 볼 때가 있는데, 놀랍도록 그 맛과 향취와 모양이 예상 그대로다. 그래서 스스로도 깜짝 놀랄 때가 많다.

지금 아이디어가 필요하다면 누군가와 그것에 대해 이야기를 나누어보는 것이 중요하다. 저자는 "멋진 아이디어는 다른 사람과 정보를 나누고 소통하며 나의 생각과 다른 사람들의 생각이 서로 연결될 때 가장 폭발적으로 만들어진다. 핵심은 '연결'이다." (책_27쪽)라고 강조하고 있다. 아! 이 책을 15년 전에 읽을 수 있었다면 나는 훨씬 더 즐겁고, 능률적으로 일할 수 있지 않았을까. 책을 읽다 보면 늘 이런 식으로 분하다.

09

세상 제일 친절한 레시피는 어디에?

〈또 이따위 레시피라니〉(줄리언 반스 지음, 공진호 옮김, 다산책방, 2019)

쐑

스팀 솥 앞에서 스톡(육수)이나 소스를 끓일 때면 몸은 솜방망이처럼 처지고, 땀은 소나기처럼 온몸을 타고 흘러내린다. 여름의 주방은 무더위와 습도 탓에 무척 힘든 공간이다. 물론 주방에도 에어컨은 있다. 하지만 냉기가 음식에 직접 닿으면 조리를 망칠 수 있어 호텔 주방에서는 요리사들의 머리 정도까지만 냉기가 전해지도록 에어컨을 세밀하게 조절해 놓는다. 하지만 한여름에도 하루 종일 불 앞에 서 있어야 하니 퇴근 무렵에는 정말 파김치가 될 수밖에 없다.

며칠 전이다. 여러 건의 연회행사에다 뷔페식당의 보양식 프로모션까지 겹쳐 무척 바빴던 날이었다. 그 일을 마무리할 즈음 느닷없이 해야 할 일이 더 생겼다. 레시피를 새로 작성해 레스토랑에 전달해야 했다. 호텔 주방에서 레시피 작성 업무는 가장 중요한 일 중 하나다. 시간도 많이 걸린다. 요리 재료의 양을 선정해 주는 것과 만드는 방법부터 작업시 주의사항, 생산되는 음식 양, 나중에는 해당 레시피에 소요되는 재료비까지 아주 꼼꼼하게 작성해야 한다.

'이런 제엔~장! 퇴근시간에 레시피 작업이라니….'

〈푸른 거탑〉이라는 드라마가 떠올랐다. 드라마 속 최 병장처럼 나는 속으로 '이런 제엔~장!'을 외쳤다. 그날따라 새벽 출근이었기에 퇴근 무렵에는 눈꺼풀이 천근만근이었다. 이런 상태에서 컴퓨터 앞에 앉아야 하다니! 하지만 나는 27년차 요리사가 아닌가. 까짓것 후딱 해버리자 싶었다. 막상 자판을 두드리기 시작하자 레시피 작성은 생각보다 가뿐하게 끝났다. 가벼운 마음으로 퇴근했다. 그런데 다음날 아침 주방장이 나의 레시피에 관해 이해가 되지 않는 부분을 물었다. "주방장이 어떻게 그것도 모르냐?"며 내가 쓴 레시피를 다시 읽어보았다. 그런데 이런! 나도 이해할 수 없었다. 결국 나는 주방장과 함께 직접 요리를 하면서 알려주었고, 그 과정을 레시피로 다시 썼다.

역시 요리란 글로 소통하는 것이 훨씬 더 어렵다는 사실을 다시 실감했다. 문득 신입 요리사 시절이 떠올랐다. 대학에서 조리학이 아니라 식품재료공학을 전공한 내가 호텔에 처음 입사해 배정받은 부서는 주방이 아니었다. 나는 사무직이었다. 온갖 우여곡절 끝에 주방업무를 시작했을 때 주방생활에서 제일 먼저 고생한 것은 몸이 아니었다. 귀였다. 선배 요리사들이 주방에서 쓰는 용어를 하나도 알아듣지 못하니 답답해 미칠 노릇이었다. 물론 나만 답답한 것은 아니었을 터이다. 업무 지시를 하는 선배들 심정은 오죽했을까. 한마디로 나는 고문관이었다.

심부름과 주방정돈밖에 할 수 없던 그 시절의 어느 날이었다. 선배들을 도와 뷔페 음식을 차리러 갔다. 분주히 움직이던 선배가 갑자기 나에게 '실팬'을 가져오라고 했다. '실팬? 가늘게 써지는 볼펜을 가져오라는 뜻인가? 그건 왜? 아니야, 그건 아닐 거야. 실로 만든 프라이팬? 그딴 게 있을 턱이 있나!' 마치 만화처럼 내 머리 속에서는 오만 가지 물건들이 뱅글뱅글 날아다녔다. 흡사 침 흘리며 멍 때리고 있는 동네 바보 같은 모습이었을 것이다. 한심한 눈으로 나를 힐끗 쳐다보던 선배의 표정은 지금도 잊을 수가 없다. 그날 선배가 가져오라고 한 것은 시트 팬(sheet pan)이다. 주방에서 식기 등을 담는 넓은 쇠 쟁반이다.

　그것을 그렇게 발음하다니! 억울했지만 어쩌랴. 그가 뭐라고 발음하든 알아들어야 하는 것은 내 몫이다. 사실 지금이야 웃으며 말하지만 당시로서는 주방 용어를 못 알아듣는 것이 나에게 꽤 큰 스트레스였다. 밤을 새우며 고민했는데도 아침에 출근할 용기가 나지 않아 요리사를 그만두어야 하는 것은 아닌지를 생각할 정도였다. '주방은어속어사전' 같은 책이 있었다면 책값이 수백만 원이었어도 일고의 망설임 없이 샀을 것이다.(아! 내가 써볼까?) 아무튼 그때 나는 정말 열심히 책을 읽었다. 선배들은 그런 내가 가여워 보였던지 끝까지 참아주었고, 적응하도록 도와주었다. 나는 그게 지금도 고맙다.

한식 요리책을 읽는데, 당시 나는 도무지 이해가 안 되는 요리 용어들 때문에 크게 당황한 적이 있다. 어려운 용어가 얼마나 많던지 몇 날 며칠 동안 사전을 뒤적여야 했다. '우쒸, 좀 쉽게 써주지!'를 입에 달고 책을 읽었다. 나의 입을 거칠게 만들었던 단어들은 가령 이런 것들이다. '줄알치다', '나붓나붓 썰기', '삼발래'…. '줄알치다'는 달걀을 완전히 풀어서 약간의 소금과 후춧가루를 뿌려 펄펄 끓는 국물에 넣었다가 재빨리 건져놓은 것을 뜻한다. '나붓나붓 썰기'는 우선 '나붓나붓'이라는 단어부터 이해해야 한다. 이것은 얇은 천이나 종이 따위가 나부끼어 자꾸 흔들리는 모양을 뜻한다. 그러니까 나붓나붓 써는 것은 얇은 직사각형 모양으로 써는 것을 말한다. '삼발래'는 세 갈래, 즉 삼등분하는 것을 뜻한다. 주로 오이를 손질할 때 사용하는데, 씨를 중심으로 세 조각을 내는 것을 뜻한다.

역시 좋은 글이란 역지사지를 잘 해낸 글이 아닐까 생각했다. 읽을 사람을 생각하며 쓴 글말이다. 그래서 나는 줄리언 반스의 〈또 이따위 레시피라니〉를 읽기로 했다. 맨부커 상까지 받은 어마어마한 영국의 대작가가 요리 레시피에 관해 쓴 책이라니, 더 생각할 것도 없이 선택했다.

책 제목이 웃겼다. '나같이 글솜씨 허술한 요리사가 쓴 레시피인가?' 하는 생각이 들었다. 내용은 이렇다. 요리를 책으로 배우겠다고 작정한 줄리언 반스는 레시피대로만 하면 맛있는 음식을 만들 것이라는 믿음을 갖는다. 그래서 요리책을 분석하고, 때로는 요리책의 저자에게 직접 전화를 걸어 확인까지 한다. 그는 정말 열정적으로 요리를 하지만, 번번이 실패하고 좌절한다. 그는 작가답게 자신의 이런 실패의 원인을 불친절한 요리책에서 찾는다. 그도 그럴 것이 그가 읽었던 요리책에는 이렇게 적혀 있었단다.

'두 손을 합친 양', '한 모금 또는 한 덩이', '작은 양파, 중간 크기의 양파, 큰 양파'….

이 작가가 투덜거리는 장면은 정말 웃음이 터진다. 하지만 수많은 실패를 통해 요리하는 즐거움을 경험하거나, 그것을 나누는 기쁨을 하나하나 발견해 나가는 작가의 모습은 묘한 감동을 주기도 한다. 시니컬함으로 똘똘 뭉친 완벽주의 소설가의 요리 에세이라니! "오스트레일리아에서는 가즈오 이시구로와 함께 참석한 문학 관련 만찬에서 캥거루 요리를 먹어보았다. 그는 이런 말을 하며 그걸 시켰다. "나는 언제나 그 나라의 상징을 먹는 걸 좋아하지." (그러자 내 옆에 있던 한 시인이 불만스럽게 말했다. "그럼 영국에선 사자라도 먹는다는 건가?") (책_122쪽) 등의 위트와 유머가 펼쳐진다.

나는 이 책을 읽으며 종종 뜨끔거림을 느껴야 했다. 마치 줄리언 반스가 책을 통해 나에게 불평을 하는 것 같기도 했다. 나 역시 이렇게 못 알아먹을 레시피를 적은 일이 없지 않기 때문이다. 내가 안다고 해서 다른 사람들도 다 알 것이라 여기는 것은 게으름이거나 오만함 아닐까? 나는 〈또 이따위 레시피라니〉를 읽으며 유쾌하게 스스로를 성찰했고 반성했다.

알면서도 모른다고 가정하는 것은 참으로 쉽지 않은 일이다. 하지만 레시피로 소통하려면 바로 이것을 해내야만 한다. '역지사지'야말로 요리사가 갖추어야 할 자세가 아닐까 생각했다. 그래서 나는 모든 요리사에게 레시피를 계속 써보라고 권하고 싶다. 독자의 입장이 되어 모른다고 가정하는 바로 그 태도를, 말하자면 '초심'이라고 할 수 있을 테니 말이다. 초심을 지키는 자가 끝까지 간다.

쎅

10

파불루머의 키친 라이브러리

〈갖고 싶다 이런 키친〉(스즈키 나오코 지음. 박재현 옮김, 심플라이프, 2016)

정말 덥다. 열대야로 밤새도록 뒤척이다 결국 침대에서 일어나기로 했다. 억지로 눈 감고 자려 애써봐야 괴롭기만 할 뿐이다. 새벽 3시다. 이럴 때 나만의 서재라도 있다면 들어가 책이라도 읽었을 텐데, 아이들이 커서 방을 하나씩 차지하고 나니 정작 내 집에 내가 머물 곳이 없다. 언젠가 아이들을 떠나보내고 나면 반드시 나만의 공간을 만들겠다는 다짐을 해본다.

'나만의 공간?' 나는 미래의 그 공간을 머리에 떠올려보았다. 우선 한쪽 벽면은 책으로 가득 채울 것이다. 책 읽고 글 쓰는 책상과 의자도 필요하겠지. 그리고 무엇보다 방 가운데에 새로운 음식들을 연구하는 조리대를 배치할 것이다. 책장의 반대편 벽엔 냉장고를 놓아야겠고…. 책을 읽다가 영감이 떠오르면 곧바로 요리를 만들어보는 공간, 일명 '파불루머의 키친 라이브러리!' 내가 은밀하게 꿈꾸며 이름 붙인 나만의 공간이다. 벽과 바닥을 무슨 색깔로 할지, 실없는 궁리를 해보다가 문득 시계를 보니 새벽 4시다. 이른 시간이지만 호텔로 나가기로 한다.

사무실에 앉아 한숨을 돌리고 컴퓨터를 켠다. 밤사이 기다리던 메일이 왔다. 현재 진행되고 있는 레스토랑 프로젝트의 주방 도면 검토 요청이다. 그 도면을 꼼꼼하게 살펴보면서 머리에 3D로 그려본다. 색도 입혀본다. 그러고 나서 그 상상의 주방 안으로 내가 들어간다. 작업 동선을 짜기 위해서다. 조리대, 냉동고, 냉장작업 테이블, 선반, 수납장 등등 기본적이고 필수적인 장비들과 수납공간을 어디에 배치하고 어떤 형태로 짤 것인지를 수십 번 생각하고, 그림을 고치고 또 고친다. 두어 시간이 금방 지나간다. 이제부터가 출근 시간인데, 나는 졸리기 시작한다. 오늘 하루 어쩌나….

호텔에서 나의 주 업무는 신 메뉴 개발과 교육이다. 그리고 기존의 메뉴들이 주방에서 제대로 생산되고 있는지를 관리 감독하는 것이다. 그래서 동료 요리사들에 비해 해외출장이 잦은 편이다. 때문에 수시로 여권의 유효기간을 확인해 놓아야 한다. 그런데 며칠 전부터 여권이 아예 보이지가 않는다. 사람이 참 희한하다. 주방의 안과 밖에서 나는 완전히 다른 사람이다. 주방 정리정돈에 대해 후배들에게 입이 닳도록 잔소리를 해대는 내가, 정작 여권 하나를 어디에 뒀는지 몰라서 헤맨다. '너나 잘해 인마!' 속으로 내가 나에게 던지는 말이다. 아무튼 여권은 점심 무렵에야 찾았다. 사무실 서랍을 몽땅 다 뒤진 끝에 서류봉투 안에 얌전히 들어 있는 것을 발견했다. 여기에 두었던 것조차 까맣게 기억나지 않는다. 나이가 들수록 기억력은 더 나빠질 것이다. 이제부턴 정말 정리 좀 하면서 살아야겠다는 다짐을 한다.

그날 저녁에 읽은 책이 바로 〈갖고 싶다 이런 키친〉이다. 책을 쓴 스즈키 나오코는 직업이 좀 희한하다. '라이프 오거나이저'라고 하는데, 일본에선 이미 인기 있는 직종이라고 한다. 가정의 생활 설계와 살림의 지혜를 개발해 나누고, 주방의 정리정돈을 돕는 직업이라고 한다. 이 책은 '키친'이라는 공간을 자신이 원하는 대로 꾸미는 방법과 함께, 가족과 함께 최적의 생활을 할 수 있는 공간으로 만드는 방법을 구체적으로 설명하고 있다. 뿐만 아니라, 주방 청소, 수납, 식재료 관리 등 주방에 필요한 모든 노하우를 정말 꼼꼼하게도 일러준다. 카페나 레스토랑을 개업하려는 분들에게도 큰 도움을 줄 수 있을 만큼 전문적이기도 하다.

부엌을 단순히 시각적 차원에서만 해석하고 있지 않다는 것이 이 책에서 가장 흥미로운 부분이다. 결론부터 말하자면, 저자에게 주방은 '생활의 활력을 포함해 인간의 삶을 근본적으로 세우고 성찰하게 하는 생명철학의 공간'이다. 단순히 식사만 해결하는 곳이 아니란 것이다. 저자는 음식이란 키친의 생명철학으로부터 나오는 것이라고 말한다. 어떤 철학을 가지고 있느냐에 따라 그 사람이 만드는 음식의 모양과 맛, 위생적인 관리 상태 등이 완전히 달라진다는 것이다. 나는 직업 요리사로서 이 말에 전적으로 동의한다. 생각이 불량하고 인생관이 삐뚤어진 친구들 중에 좋은 요리사가 나오는 것을 한 번도 못 봤다.

이 책의 메시지를 한 문장으로 정리하면, 주방의 정리정돈과 음식 만들기는 자신이 가진 세계관과 철학의 구현일 수 있다는 것이다. 책장을 덮으며 나는 다시 한 번 생각을 했다. '세상에서 가장 위대한 요리사는 미슐렝의 별이 주렁주렁 달린 최고급 레스토랑의 주방장이 아니라, 사랑하는 가족을 위해, 그리고 생명의 철학을 위해 자신의 부엌에서 날마다 음식을 만드는 주부들이다!'

그러니 부디 가정의 주방에서 날마다 생명을 만드는 이에게 잔소리 따윈 절대 하지 마시길 바란다. 키친에선 마음의 정리정돈부터 하시고, 찬양과 경배를 바쳐보시길 권한다. 삶 자체가 달라진다.

02

재
o

Life

Food

Taste

flavor

11 | 좋은 요리사는 계절과 같은 사람

〈로산진의 요리왕국〉
(기타오지 로산진 지음, 안은미 옮김, 정은문고, 2015)

언제 그토록 뜨거웠나 싶다. 이젠 새벽 공기가 제법 차갑다. 요리사는 숙명적으로 시간과 늘 다퉈야 한다. 재료들의 특성에 맞는 조리 속도는 요리의 기본 중 기본이다. 하지만 호텔 요리사가 시간과 다투는 일은 이뿐만 아니다. 계절에 따라 식재료가 달라지고 기간에 따라 손님들도 달라진다. 그에 따라 요리사가 준비해야 하는 시간도 모두 달라진다. 메뉴도 트렌드에 맞춰 정기적으로 바뀐다. 또 호텔에서는 연중 크고 작은 행사들이 이어진다. 때론 조찬 행사, 때론 저녁 만찬, 또 때론 도시락을 만들어 행사장으로 보내야 하는 임무를 맡기도 한다. 자신의 레스토랑을 가진 오너 셰프와 호텔 요리사는 똑같이 음식을 만드는 사람이지만, 이렇게 시간에 대한 주도권 여부가 가장 다른 점이기도 하다.

'좋은 요리사는 계절과 같은 사람이겠구나!' 며칠 사이에 획 바뀐 계절을 실감하며 새벽길을 걷다가 문득 이런 문장이 머리에 떠오른다. 계절은 늘 바뀌지만, 그 부단한 변화 자체가 한결같다는 생각이 들어서다. 요리사들도 그렇다. 날마다 다른 상황, 다른 조건이 주어지지만, 한결같은 맛을 만들어야 한다. 바로 그런 탓인지 좋은 요리사들은 하나같이, 매우 창조적인 동시에 매우 우직한 사람들이다. 창조성과 우직함. 어쩌면 가장 거리가 멀지도 모를 이 두 가지 성향이 동시에 구현되는 사람들, 그들이 요리사다.

1991년 겨울. 나에게 그해는 막막함 그 자체였다. 혹독하게 추웠고, 동시에 서러웠다. 요리의 세계로 처음 입문하던 때였다. 나는 조리학과 출신이 아니라 식품공학을 전공한 비전공 요리사다. 처음에는 호텔에 사무직으로 입사했다. 입사 초기 시절 식재료 구매 관련 서류를 처리하기 위해 호텔 주방을 들락거려야 했다. 그 주방에서 나는, 그야말로 신세계를 보았다. 처음 주방에서 요리사들을 봤을 때의 기억은 지금도 생생하다. 나중에야 토크(Toque)라는 정식명칭을 알게 되었지만, 요리사들의 그 희고 높은 모자와 하얀색 조리복은 주방을 마치 천상의 그 어떤 곳처럼 보이게 만들었다. 눈부시게 하얀 사람들이 이리저리 바쁘게 움직이면서 척척 만들어 내놓는 예쁜 케이크와 멋진 음식들은 아름다움 그 이상이었다. 나는 일종의 문화적 쇼크를 받았다. 한동안 넋을 잃고 주방의 풍경을 보았다. "세상에 이런 멋진 일도 있구나!" 그때 내가 되뇌었던 문장이다.

우여곡절 끝에 나는 바로 그 주방으로 들어가게 되었다. 그때를 돌이켜 생각해 보면 나는 정말 어이없는 돌진의 청춘이었다. 직장의 윗사람들에게 거의 생떼를 쓰다시피 해서 보직을 바꾼 것이다. 그때 나를 쫓아내지 않으신 그분들께는 25년이 지난 지금도 여전히 감사한 마음뿐이다. 어렵게 입성한 주방에서 나는 정말 미친 듯이 공부했다. 선배 요리사들의 솜씨를 조금이라도 더 보려고 매일 12시간 넘게 주방에서 일했다. 요리책들을 닥치는 대로 읽고 또 읽었다. 그리고 배운 모든 것들을 노트에 기록했다.

그렇게 미친 듯이 10년을 보내고 나서 나는, 아이러니컬하게도, 정신적으로 파산했다. 물론 요리 실력은 쓸 만해졌다. 누구도 내 솜씨를 의심하진 않았다. 하지만 나는 그때부터 스스로의 실력을 의심하기 시작했다. 10년이 지나자 요리는 나에게 진정으로 어려운 일이 되어 있었다. 끝없이 노를 젓고 있기는 하지만 망망대해에서 방향도 전혀 잡지 못하고 헤매는 그런 느낌이랄까. 내 인생 가장 깊은 고뇌의 시간이라면 바로 그때였다. '요리가 무엇일까? 그리고 요리는 인간에게 무엇이어야 하는가?' 그때 내가 매달렸던 질문이다.

기타오지 로산진을 처음 만난 것도 그 무렵이었다. 일본 요리 관련 자료들을 모으다가 '일식의 아버지' 혹은 '맛의 달인'이란 수식어가 붙은 그가 궁금해졌다. 대체 누가, 어떻게 살았기에 그런 어마어마한 칭송을 받을까 싶었다. 그의 이름을 알고 난 이후 줄곧 그가 궁금했다. 가능하다면 나 또한 그런 사람이 되고 싶었다. 그에 대한 궁금증이 완전히 풀린 것은 최근이다. 〈로산진의 요리왕국〉이라는 책에는 기타오지 로산진이라는 인물의 그 전설 같은 명성이 어떤 과정을 통해 만들어졌는지 잘 묘사되어 있다.

로산진은 지금으로부터 136년 전인 1883년 일본 교토에서 태어났다. 그는 요리뿐만 아니라 서예와 도예에도 천재적인 재능을 발휘했다. 특히 일본 요리를 하나의 종합예술로 완성했다는 평을 받는 인물이다. 독설과 괴팍함, 고집불통의 성격에 도무지 이해하기 어려운 여성편력까지. 인간적인 면모로서는 따라하고 싶은 것이 단 하나도 없었다. 하지만 그가 남긴 수많은 업적들에 대해 읽다 보면 정말 사람이 해낸 일이 맞나 싶을 정도여서 절로 입이 딱 벌어진다. 그는 요리에 쓰이는 재료들은 물론이고, 그 요리를 담을 접시까지 집요하게 연구했다. 늘 새로움을 향해 혼신의 힘을 바치는 모습에 나는 감동적으로 공감했다.

무엇보다 그는 철학이 있는 요리사였다. 요리의 첫걸음은 '실행'이며, 요리는 자신의 개성을 나타내는 것이고, 음식의 본맛을 살리는 것이 요리하는 사람의 기본임을 얘기할 때 나도 모르게 고개가 끄덕여졌다. 맛없는 음식을 맛있게 먹는 방법을 알려달라는 질문에 로산진은 이렇게 답한다. "본디 요리의 맛은 대부분 식재료의 질에 달려 있다. 요리인의 공은 1할이나 2할, 많아야 3할 정도다. 또 본연의 맛이 좋냐, 나쁘냐는 사람의 힘으로 어떻게 할 수 있는 문제가 아니다. 맛없는 쇠고기로 훌륭한 스테이크를 만들지 못하듯이 말이다. 이 간단한 사실을 의외로 잘 모른다. 괴이한 세상이기 때문일까."(책_60쪽)
맛없는 것을 맛있게 만드는 비결은 없다는 것. 다만 맛있게 보이도록 꾸미는 방법은 있을 수 있으나 이것은 거짓의 맛이지 본연의 맛은 아니라고 잘라 말한다. 속임수를 써서 아이를 달래는 방법과 비슷하다고나 할까.
이 책을 읽는 동안 로산진은 책 속에서 뚜벅뚜벅 걸어나와 내곁에 서 있는 요리사였다. '진짜 요리사라면 자신만의 철학이 있어야 해! 그게 없다면 그건 요리사도 아니야' 이렇게 내 귀에 대고 고래고래 소릴 질러대는 그런 선배 말이다.

10년 차에 내가 스스로에게 던졌던 그 질문에 답을 얻었느냐고? 어림없다! 나는 그로부터 단 한 발자국도 더 나가지 못했고, 오늘도 여전히 똑같은 질문을 스스로에게 던지며 살고 있다. 하지만 그 질문이 요리사인 나를 구원했다. 질문하는 동안만 나는 요리사라는 생각을 하면서 오늘을 살고 있다. 단지 인간은 인생의 어느 한 순간도 철학 없이 살면 안 된다는 것 정도만 이제 안다. 철학은 본래 대답이 아니라 질문이라는 것. 로산진으로부터 배운 것이다.

요리사는 쉽게 국경을 넘을 수 있고,
세상 그 어디에서도 살 수 있다

〈음식의 말〉 (레네 레제피, 크리스 잉 외 지음, 박여진 옮김, 윌북, 2019)

"미장 점검하자."

초짜 요리사라면, 주방에서 이 말을 듣자마자 머리카락을 다시 정리하려고 들지도 모르겠다. 하지만 만약 그런다면 오랫동안 선배 요리사의 놀림거리가 될 수도 있다. 왜냐하면 주방에서 쓰는 '미장'은 불어 'Mise en Place(미즈 앙 플라스)'를 줄여서 부르는 말이기 때문이다. 줄여 쓴다고 해도 '미즈 앙'이라고 해야 맞겠지만, 그렇게 혀를 굴려 쓰면 외국물이라도 먹은 양 뻐기는 듯한 느낌이 든다. 가령 '워터'를 '워러'라고 부르는 것과 비슷한 뉘앙스다. 그래서 주방에서는 다들 겸손한(?) 발음으로 그냥 '미장 ~ 미장~' 한다.

호텔처럼 많은 요리사들이 일을 하는 주방에서 '미장'은 매일 써야 하는 용어다. 호텔 레스토랑은 영업이 시작되기 최소 15분 전까지 라인 셰프들이 각자의 위치를 지키고 있어야 한다. 그리고 요리에 필요한 모든 재료와 도구 등을 정리해 완벽하게 준비를 마쳐야 하는데, 이것을 뜻하는 말이 바로 '미장'이다. 즉 '주방에서의 준비 완료'를 뜻하는 말이라고 보면 된다.

영화판에서 흔히 쓰는 '미장센(Mise en Scene)'이라는 단어 역시 여러 가지 구성요소들을 생각해 내고, 화면 속에 배치함으로

써 하나의 그림을 만들어내는 작업이라는 뜻이다. 그러니 요리사들이 '미즈 앙 플라스'를 '미장'으로 발음한다고 해서 크게 부끄러울 일은 아닌 듯하다.

어쨌든 나는 매일 '미장'을 점검해야 한다. VIP 예약이나 특별 주문 등으로 인해 특이한 식재료가 필요한 경우도 종종 있는데, 이런 것들을 점검하고 주방의 청소 상태나 요리사들의 복장까지 세세하게 살펴보아야 한다. 당연한 이야기지만, 좋은 레스토랑이라면 '미즈 앙'부터 철저히 한다. 여기에는 예외가 없다.

의학 드라마에서 외과 수술 장면을 유심히 본 적이 있다. 여러 명의 의사와 간호사들이 팀을 이뤄 큰 수술을 하는 장면이었는데, 긴장감을 한껏 높이려고 연출한 그 화면이 내 눈에는 주방의 미즈 앙과 똑같아 보였다. 무엇보다 가지런히 놓인 수술용 메스와 도구들, 그리고 의사가 수술용 장갑과 마스크를 착용하고 수술 직전에 손 소독을 하는 것 등이 그렇다. 수술실 모습이 주방 풍경과 너무나 흡사해서 흥미로웠다.

'미장 점검'이 끝나면 주방은 곧바로 전투 상황에 들어간다. 쏟아져 들어오는 '빌지'를 보며 셰프는 큰 소리로 오더를 부른다.

"뉴 오더! 세트메뉴-A 2개, 뉴 오더! 알라 그린 아스 수프 3개, 페페로니 피자 1개 에잇 컷! 나우 픽업."

'빌지'라는 말은 청구서라는 뜻의 'bill'에 '紙'(종이 지) 자를 합한 일종의 주방 은어다. '홀에서 주방으로 보내는 요리주문서'라고 이해하면 된다. 그리고 앞의 말을 '번역기'로 돌리면 '알라 그린 아스 수프 3개'는 '단품 그린 아스파라거스 수프 3인분'이고, '에잇 컷 나우 픽업'은 '8조각으로 잘라 접시에 담아, 즉 요리가 완성되면 바로 접시에 담아내라'는 뜻이다.

정신없이 쏟아지는 이런 음식 주문들을 호텔 요리사들은 한치의 오차도 없이 제 시간에 만들어내야만 한다. '귀와 손 동시 가동상태'다. 요리사들이 주방에서 쓰는 용어들은 일반인들이 알아듣기 힘들다. 효율성이라는 측면에서 최적화된 언어이기 때문이다. 신입 요리사의 입장에서는 '왜 이렇게 어렵게 만드나' 싶겠지만, 주방에서 사용하는 용어 몇 가지에 조금만 익숙해지면 뉴욕 주방이나 인도 주방이나 브라질 주방이나 다 똑같다. 요리사는 쉽게 국경을 넘을 수 있고, 세상 그 어디에서도 살 수 있다.

최근 내가 읽은 책은 〈음식의 말〉이다. '모든 주방에는 이야기가 있다'는 부제가 마음에 쏙 들어서 구입한 책이다. 레네 레제피와 같은 유명 셰프부터 스타벅스 이사, 농부, 과학자, 평론가, 사회학자, 푸드트럭 요리사까지 음식에 평생을 바친 사람들이 각자의 요리 철학과 삶의 방식에 대해 자신만의 이야기를 들려준다.

〈타임〉지 표지를 두 번이나 장식하며 '세계에서 가장 영향력 있는 100인'에 선정되기도 한 세계적 요리사 레네 레제피가 하는 말은 정말 배울 것이 많았다. "최고의 음식을 원한다면 고향을 떠나라" "정체성을 찾지 못했다면 창업하지 마라" "미식은 국경이 없다" 등 그의 한마디 한마디가 주옥같았다.

레네 레제피는 정체성이 없던 덴마크 코펜하겐의 요리를 세계적 경지로 끌어올린 요리사라는 평가를 얻었다. 마케도니아 출신인 그는 덴마크로 건너간 후 오로지 북유럽에서 자라는 재료와 제철 음식으로 메뉴를 구성했다고 한다. 그런데 이 한정된 자원이 바로 해법이 됐다고 말하는 대목은 정말 인상적이었다.

그에 따르면 '더 불편할수록, 더 제한될수록, 더 고립될수록 창의성은 발휘된다'는 것이다. 그는 "최고의 맛은 낯선 곳에 있다"고도 말했다. 단지 물리적으로 낯선 곳만이 아니라 생각이 낯설어지는 곳에 가야 한다는 의미였다. 그는 요리사이자 철학자였다. '세상에 대단한 식재료'는 없다는 그의 지론에도 극히 공감하며, 나는 그의 이야기에 귀를 기울였다.

〈음식의 말〉에는 이 밖에도 가정폭력의 희생자였던 네팔의 한 여성이 타고난 손맛 덕분에 샌프란시스코의 유명 레스토랑 오너 셰프가 된 이야기라든지, 르완다 내전으로 죽음과 함께하는 나날을 보낸 한 소년이 자라서 스타벅스의 이사가 돼 최고의 커피 맛을 찾아 돌아다니는 이야기도 나온다. 모두 눈물이 핑 돌 만큼 감동적이다.

곧 추석 명절이 다가온다. 호텔 주방은 벌써 심정적으로는 전시상황이다. 크리스마스 시즌과 더불어 연중 가장 바쁜 시기이기 때문이다. 하지만 나는 이제 전쟁터 같은 주방이 두렵지 않다. 오히려 기쁘다. 추석은 온 가족이 모여 함께 먹고 마시며 풍요를 기원하고 행복을 나누는 소중한 시간이다. 만드는 자의 기쁨과 감동이 없는 요리를 내놓는다면 그런 시간을 보내는 분들에 대한 예의가 아니다. '가장 훌륭한 요리란 요리사의 즐겁고 선량한 마음까지 담겨진 것이 아닐까?' 〈음식의 말〉을 읽으며 내가 떠올린 생각이다.

13 │ 생명을 키우는 밥의 기억

〈밥 이야기〉(니시 가나코 지음, 권남희 옮김, 생각정거장, 2018)

아버지가 세상을 떠나신 날 비가 내렸다. 그날로부터 비는 늘 그리움이다. 올해 장마는 또 얼마나 많은 그리움을 몰고 올까. 매년 이맘때면 나는 선친께서 즐겨 드시던 음식을 만든다. 만들고 나서는 잠시 지켜보게 되는데, 짧은 시간 동안 이 음식을 맛있게 드시던 선친과의 추억을 떠올리며 나는 혼자 웃기도 하고 울기도 한다.

음식이란 생의 이미지 그 자체이기 때문에, 이렇게 아버지의 음식을 만들어놓으면 하늘로 돌아가셨던 아버지는 잠시나마 내게 돌아오신다. 음식은 생으로의 소환이라는 의미를 가지기 때문이다. 모든 것을 돌아오게 만드는 주술적인 힘. 그래서 추억이 담긴 음식은 늘 음식 이상의 무엇이다. 어쩌면 힘들고 지친 내 영혼을 위로하는 '천상의 치료제'라고 이름 붙일 수도 있지 않을까.

신문을 읽다가 눈에 확 들어오는 기사가 하나 있었다. 국제난민지원단체인 '피난처'에서 주최한 '노마드의 식탁'이란 행사 소식이었다. 정치적 박해를 피해 한국에 온 수단 출신의 난민여성이 자신의 이야기가 담긴 가정식을 직접 만들어 나누는 행사였다. 난민과 시민의 교류를 독려하기 위해 열린 것이다. 그녀는 직접 만든 '렌틸콩 수프'를 자신의 '솔(soul) 푸드'라고 소개하며 아버지와의 추억을 들려줬다.

그녀가 여덟 살 때 어머니는 교통사고를 당했다. 그때 아버지는 그녀에게 직접 수프를 요리하는 법을 가르쳐주셨다고. 아버지는 딸의 그 어설픈 수프를 맛있게 드시면서 격려와 사랑을 보여주셨다고 했다. 그녀는 인터뷰 말미에 자신의 꿈을 이야기했다. 수단에서 공부한 의료엔지니어링을 계속 공부해서, 경제적 자립과 더불어 반드시 한국사회에 도움이 되는 구성원이 되겠다고 말했다. 그 말을 들으며 나는 생각했다.

'저 청년 또한 젊은 날의 나처럼 사랑과 추억이 담긴 한 그릇의 음식으로 혼신을 다해 살아내려 할 텐데…' 이게 소설이라면 저 청년은 해피엔딩을 맞이해야 마땅할 것이다. 하지만 현실에서 그녀의 운명이 어찌 될지는 알 수 없다. 나는 해피엔딩을 위한 막연한 기원이 아니라 구체적인 믿음이 필요하다는 생각이 들었다. 그 믿음을 위해 나는 지금 무엇을 할 수 있을까? 우리는 그녀의 꿈을 끝내 좌절시키는 고난이 될 수도 있고, 그녀의 아름다운 꿈을 지켜주는 수호자가 될 수도 있다. 어느 쪽이 우리가 스스로를 구원하는 선택일까? 저런 젊은이가 잘살 수 있어야 우리도 잘사는 것이 아닐까? 장맛비 속에서 생각과 생각이 계속 꼬리를 물었다.

요리사인 내 관점에서 '노마드의 식탁'은 정말 놀라운 이벤트였다. 그저 같이 먹어보자고 권하는 것뿐인 작은 행사지만, 그 작은 식탁 위에 '함께 먹음의 거대한 위력'을 보물처럼 숨겨놓았던 것이다. 함께 먹는다는 행위는 서로가 똑같은 '사람'이라는 것을 확인하는 첫 순서다. 그리고 바로 그 다음 순서가 마음을 나누는 일이다.

그날 나는 〈밥 이야기〉라는 책을 손에 들었다. 저자인 니시 가나코는 지난 2015년 일본 최고권위의 문학상인 나오키상을 받은 소설가다. 저자는 이란 테헤란에서 태어나 이집트 카이로와 일본 오사카에서 자랐다고 한다. 이 책은 33개의 짤막한 에피소드를 통해 밥의 기억들을 펼쳐놓는 자전적 에세이다.

저자는 아무리 평범한 음식일지라도 어떤 상황에서, 어떤 사람들과 어떻게 먹었는지에 따라 우리 몸은 전혀 다르게 기억한다고 말한다. 추억은 궁극의 레시피인데, 한 사람이 느끼는 최고의 음식 맛을 결정하는 것이 바로 추억이기 때문이라고 설명한다. 나는 이 말에 전적으로 동의한다. 세상 그 어떤 요리사도 누군가의 추억을 재현하지는 못한다. 이 궁극의 레시피는 스스로에게만 선사할 수 있는 세상에서 가장 특별한 음식이다.

저자는 자신의 뇌 속에 뚜렷하게 각인된 음식들의 추억을 편안하게 들려준다. 카이로의 쌀에는 돌과 이물질이 많아서 어머니가 핀셋으로 하나씩 골라냈다고 한다. 그렇게 어머니가 흰쌀로 지어주신 달걀밥을 저자는 잊지 못한다.

"내 꿈은 남자고등학교의 기숙사 보모가 되어 학생들에게 밥을 지어주는 것이다. 허기져서 돌아온 학생들이 내가 만든 색기 없는 밥, 돈가스나 크로켓, 생강구이나 야키소바를 아구아구 먹는 모습을 보고 싶다. 코스 요리를 즐기는 것도 '인생을 즐긴다'

는 느낌이 들어서 멋지지만, 나는 '생명 그 자체'를 느끼고 싶다. 많은 음식이 무작정 소비되고 누군가의 피와 살'만' 되어 가는 모습을 보고 싶다." (책_70쪽)

저자가 어떤 생각과 마음으로 쓴 책인지 단번에 알 수 있는 글귀로, 책 속에서 가장 인상 깊었던 말이었다. 다른 무엇보다도 나는 이 책을 쓴 니시 가나코의 저 마음이 배우고 싶어졌다. 나는 아직 '생명 그 자체'를 느끼는 음식은 못 만들어봤다. 맛있고 멋있는 세상 요리들을 대강 다 배우고 나면, 그때부터 '생명 그 자체'인 음식을 배워야 한다. 아무튼 이 끝없음이 좋다. 요리사가 되길 참 잘했다.

숨겨진 맛의 역사

〈음식과 전쟁: 숨겨진 맛의 역사〉(톰 닐론 지음, 신유진 옮김, 루아크, 2018)

책을 읽고 글을 쓰기 전의 나는, 음식에 관한 책이 세상에 이렇게 많을 줄은 몰랐다. 요리사라는 직업을 가지고 나서부터 내가 읽고 모아두었던 책들은 대부분 요리를 만드는 법을 적은 실용서였다. 어느 날 출판평론가인 친구가 음식에 관한 책은 실용서 외에도 얼마든지 있다고 말했을 때도 나는 있어봐야 얼마나 있을까 싶었다. 그런 책들을 내가 본 적이 별로 없었기 때문이다. 하지만 음식에 관한 책을 소개하는 칼럼을 신문에 연재하기 시작한 이후 나에겐 그야말로 신세계가 열렸다. 마치 광대한 대양이 펼쳐지듯 음식에 관한 인류 역사의 모든 기록들이 내 눈앞에 펼쳐졌다.

'정보와 지식의 바다'라던 인터넷 시대가 열리면 내가 절로 유식해질 줄만 알았다. 언제 어디서든 내 손에 쥐어진, 스마트하기 그지없는 단말기 하나로 무엇이든 검색이 가능하다면 당연히 그렇게 되는 줄 알았다. 하지만 너무 많은 것은 없는 것과 같다. 그것은 조미료를 너무 많이 넣은 요리와 같다고 할까? 맛있자고 첨가하는 조미료를 너무 많이 넣으면 무슨 맛인지 알 수가 없어진다. 인터넷이 일상화된 정보화 시대에 들어왔지만 오히려 나는 이전보다 훨씬 무지해지고 있는 것만 같았다. 그것은 머리가 아니라 손에 뇌가 들려 있는 꼴이었다.

음식에 관한 정보와 지식은 책만으로도 충분하다. 사실 책이 아닌 다른 것들에서 얻는 것들은 별로 쓸모가 없다. 그런 면에서 책은 매우 신비한 도구다. 책에서 얻은 지식들은 거의 온전히 내 것이 된다. 희한하게도 인터넷에서 얻는 것들은 온전히 내 것이 되지 않는다.

요리나 재료에 담긴 역사적 유래나 스토리는 인터넷을 찾아보면 금방 찾을 수는 있다. 문제는 거기에 역사가 있는지, 스토리가 있는지를 미리 알 수가 없다는 것이다. 나는 요리사 생활 30년이 다 되도록 그런 것을 찾아본 적이 없다. 그런 게 있는지도 모르는데 어떻게 찾아볼 수 있었겠는가. 어느 날부터 우연히 음식에 관한 책을 읽기 시작했고, 책을 읽고 난 후에야 나는 비로소 음식 하나하나에도 역사적 유래가 있음을 알 수 있었다.

그렇다고 내가 인터넷을 싫어하거나 적대시하는 것은 아니다. 요즘 나는 책을 찾는 도구로서 인터넷을 사용한다. 이럴 때 인터넷은 굉장히 유용하다. 비유하자면 인터넷은 표지판이다. 내가 갈 곳을 정해야 비로소 소용이 생긴다는 뜻이다. 그러니 만약 요리사가 되거나, 요리를 잘하고 싶은 사람이라면 부디 요리를 인터넷으로 배우지 말길 바란다. 많긴 한데 뭐가 더 중요하고, 뭐가 우선인지 알 수가 없다. 그러니 책부터 먼저 손에 잡아야 한다.

그때 인터넷은 책을 찾는 최적의 도구다. 그렇게 사용하면 된다.

2017년 10월, 대한제국 120주년을 기념한 '대한제국 황실 서양식 연회음식 재현행사'가 열렸다. 문화재청과 배화여대, 문화유산국민신탁과 조선호텔이 그해 5월부터 협약하고 시작했던 대형 문화프로젝트였다. 나는 이 프로젝트에서 음식 재현 부분을 맡아 참여했다. 이 행사를 준비하면서 나는 영국의 이사벨라 비톤 부인이 쓴 요리책 〈살림에 관한 책 The Book of Household Management〉(1861) 초판본을 찾아냈다. 출간된 지 150년도 넘은 이 책을 인터넷 경매를 통해 굉장히 어렵게 구입했다.

〈살림에 관한 책〉에는 19세기 유럽 각국의 음식에 대한 기초적인 지식과 메뉴, 그림 설명이 자세히 기록되어 있다. 지금 와서 생각해 보면 좀 오싹한 기분도 든다. 만약 내가 이 책을 구하지 못했다면, 대한제국 황실의 연회 요리들을 제대로 재현할 수 있었을까 싶기 때문이다. 그 이전까지 구했던 당시의 자료들은 요리의 이름과 조리법 정도만 기록되어 있었다. 진열과 장식 등 황실 요리의 모양은 이사벨라 비톤 부인 덕에 겨우 고증할 수 있었다.

그것은 한 권의 책이 가진 중요성과 위력을 요리사로서 실감했던 사건이기도 했다. 그날 이후 나는 옛 음식에 대한 역사와 이야기들이 담긴 책들을 수집하기로 마음먹었다. 최근 나의 수집 도서 중 하나가 바로 톰 닐론의 〈음식과 전쟁〉이다. 〈음식과 전쟁〉에도 이사벨라 비턴 부인의 책이 여러 번 언급되어 있다. 대한제국 황실에서 치러진 만찬이 궁중식이 아니라 프랑스식 12가지 코스요리였던 이유도 이 책을 통해 알 수 있었다. 새삼 책이라는 존재와 책이라는 문화 제도에 관해 무한한 존경을 표하고 싶다. 저자는 미국 보스턴에서 '파초서점 Pazzo Books'이라는 이름의 중고책방을 직접 운영하는 프리랜서 자유기고가다. 그의 서점은 특히 음식에 관한 희귀 고서적으로 유명하다고 한다. 그는 자신이 수집한 고서적들 중에서 옛 음식 조리법과 역사 기록들을 따로 모았는데, 그것이 바로 이 책 〈음식과 전쟁〉이다.

다양한 주제와 더불어 이 책을 더욱 풍성하게 하는 것은 톰 닐론이 수집한 120여 장의 자료 사진이다. 고문서에 수록된 삽화에서부터 중세 화가의 판화나 소묘, 그리고 오래된 요리책에 담긴 이미지에 이르기까지 화려하고 진귀한 일러스트들은 본문과 어우러져 읽는 즐거움을 더한다. 처음에 이 책을 배송 받아 첫 장을 넘기면서 나는 호그와트 마법학교가 떠올랐다. 음식에 대한 아주 오래된 이야기들이 상세한 그림과 함께 눈앞에 펼쳐졌다. 수백 년 전 누군가의 식탁에 차려졌던 온갖 요리들이 생생하게 떠올랐다. 마치 해리포터가 주문을 외우며 내 머리 위로 마법 지팡이를 휘두르는 것 같았다. 그럴 때마다 수만 가지의 요리들이 내 머리 속에서 하나하나 튀어나오는 것만 같았다.

잉어가 유럽과 미국으로 건너간 이야기, 유럽인들이 죽어갈 때 파리를 지켜낸 레모네이드 이야기, 휴대용 수프를 만들기 위해 개발했던 '리비히 육즙'과 글루탐산나트륨(MSG)이야기, 식인종들의 사람요리 이야기까지…. 이 책에 등장하는 이야기 하나하나마다 박진감이 넘친다.

'인류의 역사는 결국 음식을 얻기 위한 혁명, 전쟁, 탐식의 역사'라는 저자의 메시지도 굉장히 흥미로웠다. 그러고 보면 얼마 전까지 극도로 긴장됐던 남북한의 관계도 근원적으로는 바로 식량과 관련된 것이 아닌가! 한 권의 책이 던져주는 깨달음이 한도 끝도 없다.

15

살아 있다는 것은
존중받을 자격이 있다는 것

〈순대실록〉(육경희 지음, 비알미디어, 2017)

덥다. 정말 덥다. 그러고 보면 나는 뜨거움과 유독 인연이 많다. 요리라는 것은 워낙 불의 예술이기도 하거니와 우리나라 기상관측 사상 최고 기온을 기록했던 바로 1994년, 나는 말 그대로 불구덩이를 향해 뛰어들었다. 그해에 나는 '콜드' 키친에서 '핫' 키친으로 자원해서 자리를 옮겼다. 새로운 요리에 도전해 보고자 한 것이야 젊은 날의 마땅한 선택이었지만, 하필 기절할 만큼 더웠던 그해였으니….

3년차 초보 요리사였던 내가 막 옮긴 곳은 아이리시 펍과 이탈리안 레스토랑 두 곳을 모두 책임지는 주방이었다. 두 식당에서 한꺼번에 쏟아지는 주문들로 혼이 완전히 나갈 지경이었다. 게다가 좁은 주방이라 최대한 정리정돈까지 하면서 요리를 해야 했다. 외국인 주방장의 주문 오더를 듣자마자 요리를 준비한다. 잠시라도 주문을 놓치면 난리가 난다. 그 순간의 나는 '주방장의 신경세포'다.

사실 나는 그때 더운 줄도 몰랐다. 고통도 없었다. 긴장하다 못해 아예 다른 사람 몸의 반사신경이 되어버린 존재가 뭘 느낄 수 있었겠는가? 지금 생각하면 절로 웃음이 터진다. 그날 내가 더위를 실감한 것은 그 주방에서의 전쟁 같은 2시간이 지나고 나서였다. 잠시의 휴식시간 동안 옷매무새를 고치려고 거울 앞에 섰다. 상의는 땀에 절어 무거웠다. 짜면 물이 한 사발은 나올 것 같았다. 시선이 아래로 닿자 바지가 좀 이상했다. 내 옷이 아닌 것 같았다. 하얀 줄무늬가 엉덩이부터 밑단까지 크게 그려져 있었다. 자세히 보니 소금 자국이었다. 땀에 전 옷이 불 앞에서 다시 마르기를 반복하며 만들어진 무늬였다.

샤워를 하기 위해 옷을 벗으면 소금 담금질로 뻣뻣해진 그 바지는, 뻥을 좀 보태자면 입었던 모양 그대로 세워놓을 수도 있을 것 같았다. 당시 나는 퇴근 때마다 그 소금무늬의 바지를 벗으며 좋았다. 땀에 전 옷을 벗어놓고 샤워를 할 때마다 나는 콧노래를 불렀다. 찬 물줄기가 얼굴을 때리는 느낌, 온몸을 따라 흐르던 그 시원한 기분에 나는 전율했다. 그 순간 나는 살아 있었다. 살아 있음을 고스란히 느꼈다. 마치 천국의 시간 같았다. 그때만큼 행복한 시절이 또 올까? 또 있기를 바라며 나는 오늘도 불 앞에 섰다.

'살아 있음을 느끼는 것만큼 행복한 느낌이라는 것이 있을까?' 오늘 주방에서 청년 시절을 떠올리다가 문득 떠오른 질문이었다. 연이어 든 생각은 '음식이란 생과 사의 아이러니를 품은 예술 행위이기도 하구나'였다. 살아 꿈틀거리는 문어를 찜통에 넣는 순간 든 생각이었다.

사람의 생을 위해 생을 마쳐야 하는 생명들 때문에 마음이 힘든 적도 있었다. 요리를 위해 가재나 게를 쪄야 할 때도 있고, 활어를 잡아 휠렛(fillet) 또는 스테이크용으로도 준비해야 한다. 어느 날인가 한두 마리가 아니라 수백 마리의 송어를 잡아 훈제한 날 밤에는 좀처럼 잠이 오지 않았다. 그날 이후 나는 산 재료를 가지고 요리준비를 할 때마다 속으로 그들에게 말을 건넨다. '미안하다. 어쩔 수가 없구나. 대신 너를 가장 멋진 요리로 만들어줄게. 너를 만나는 모두가 너를 칭찬하도록 만들어볼게. 부디 좋은 곳으로 가거라.'

'예(禮)'라는 것은 상대를 위한 것이기보다는 나 자신을 위해 훨씬 더 필요한 일이라는 생각이 들었다. 동학운동의 지도자이며 철학자였던 해월(海月) 최시형(崔時亨)에게 어느 날 신도 중 하나가 질문을 한다. "사람이 곧 하느님이고, 우주의 삼라만상도 하느님이라고 하지 않았나. 그러면 우리가 돼지나 닭을 죽여서 먹는 것은 하느님을 죽여서 먹는 것이 되는데, 과연 그것이 올바른가?" 그러자 해월 선생은 "하느님이 하느님을 먹는 것이고, 하느님으로서 하느님을 먹이는 것이라 괜찮다. 다만 하느님이 하느님을 먹을 때만, 하느님이 하느님을 기를 때만 괜찮은 것이기 때문에 풀 한 포기라도 공경하는 마음으로 대하라."고 대답했다.

그렇게 들여다보면 세상에 하찮은 음식이란 없다. 나의 한 끼를 위해 어느 생명은 자신의 육신을 온전히 내놓은 것이니 말이다. 그런 생각 중에 손에 든 책이 바로 〈순대실록〉이다. 하찮은 음식의 대명사 같은 '순대'를 위해, 지구를 여섯 바퀴 반이나 돌았다는 저자의 태도가 우선 존경스러웠다.

저자가 2013년 남양주에서 열린 슬로푸드 국제 페스티벌에서 '전통 순대 이야기'라는 주제로 발표한 것이 세계 순대기행의 계기가 됐다고 한다. 이 책에는 바로 그 과정에서 저자가 보고, 느끼고, 자료를 모아 연구한 이야기들이 담겨 있다.

책에는 대한민국의 순대를 비롯해 세계의 모든 순대들에 대한 역사적 기원과 어원, 다양한 제조방법, 순대에 얽힌 흥미로운 역사가 등장한다. 또 메소포타미아 문명부터 이집트, 그리스, 로마를 거쳐 독일과 유럽으로 순대가 어떻게 퍼져 갔는지도 설명한다. 한마디로 '순대에 관한 세계사적 기록이며 백과사전'이라고 할 만한 책이다.

그런 〈순대실록〉을 나는 충만한 존경심으로 읽었다. 저자의 끝없는 열정과 끈질긴 집념, 단지 그 때문만은 아니다. 나는 순대라는 음식에 대한 저자의 진심 어린 '존중'을 보았다. 무엇인가를 존중할 줄 아는 사람은, 그것만으로 존경받을 자격이 있다고 생각한다. 살아 있는 모든 것들은 어떤 식으로든 존중받아 마땅하다. 더불어 살아 '있었던' 모든 것들조차….

16

세계 최고 요리사들의 삶과 철학

〈세기의 셰프를 만나다〉(박루나 지음, 버튼북스, 2018)

액션 영화에 심심찮게 등장하는 장면 중 하나가 주방에서의 추격신이나 총격신이다. 내가 요리사여서인지 주방 장면들은 유독 기억에 남는다. '어휴, 주방을 저렇게 어지럽혀 놓으면 어떻게 치우지?' 하는 생각이 들어서 이후부턴 영화에 집중하기가 힘들다. 그렇게 극장 안에서 홀로 산만해질 때마다 내가 떠올리는 생각이 있는데, 바로 이런 것이다. '주인공들이 주방을 가로질러 뛰든 말든, 총질을 해대든 말든, 영화 속 요리사들은 별로 동요하지 않는다. 그런데 만약 실제로 내 주방에서 저런 일이 벌어진다면? 난 영화 속 요리사들과 똑같이, 전혀 개의치 않고 내 도마에만 집중하고 있을 것이다.'

이 비현실적 상황에 대한 현실적인 설명은 이런 말로 가능하다. '칼을 든 사람들의 전쟁터에서, 실제 총알이 오간다 한들 그게 그리 생경한 풍경이겠는가?'

그렇다. 호텔 주방은 늘 바쁘다. 늘 정신없이 바쁘지만 그중 더 바쁜 시즌도 있다. 연말연시는 물론 더 바쁜 시즌이지만, 5월도 그에 못지않다. 어린이날, 어버이날, 스승의 날, 부처님 오신 날이 융단폭격처럼 이어진다. 5월을 계절의 여왕이라고 하는 모양이다. 나로선 이렇게 남 얘기 옮기듯 말할 수밖에 없다. 호텔 요리사로 지낸 30여 년 동안 5월의 바깥 풍경을 본 기억이 거의 없기 때문이다. 언젠가 은퇴를 하면, 나는 5월의 풍경만은 꼭 다시 찾으려고 한다.

흔히 너무 바쁜 것을 두고 '혼이 나간다'고 표현한다. 그런데 이 표현법은 은유일까 직유일까? 나는 직유라고 생각한다. 너무 바쁜 호텔 주방의 5월이 지나고 나면, 언제나 나갔던 혼이 돌아오는 것을 느끼기 때문이다. 해마다 6월이면 많은 생각을 하게 되는데, 주로 나 자신의 인생이나 길에 관한 것이다.

요리사 생활을 하는 동안 선택의 기로에서 혼란스러울 때가 있었다. 나는 양식요리가 전문이지만, 한때 일식당으로 갈 기회가 있었다. 그래서 요리 전공을 바꾸면 어떨까를 고민하면서 몇 날 며칠 잠까지 설쳤다. 마땅히 상의할 상대라도 있었으면 좋으련만, 그렇지도 못해서 당시엔 정말 힘들었다.

지금 와서 그 시절을 생각해 보니, 내가 요리에 대한 뚜렷한 생각과 방향이 정리되어 있지 않았으니 그 고민은 당연한 것이기도 했다. 생각을 해도 답이 안 나올 때 하는 것이 바로 고민이지 않은가? 답을 얻진 못한다 해도, 인생의 고민이란 쓸데없는 것이 아니다. 특히 젊은 시절엔 그렇다. 쉽게 답을 얻을 수 없기 때문에 대신 '생각의 깊이'를 얻을 수 있다. 그리고 이 깊이가 결국 인생을 깊어지게 만든다. 깊은 맛을 내기 위해 공들여 육수부터 만드는 것과 같은 것이리라.

　요리사가 되기 위해 나와 같은 길을 택한 요리 꿈나무들과 젊은 후배 요리사들에게 특별히 추천해 주고 싶은 것이 있다. 바로 〈세기의 셰프를 만나다〉라는 책이다. 지은이 박루나는 프리랜서로 활동하는 콘텐츠 제작자다. 그는 여행을 하면서 맛있는 요리를 좋아하게 되었고, 요리 속 숨겨진 이야기들을 유럽의 역사와 함께 소개해 왔다.

　저자는 이 책에서 15명의 세계적인 셰프들을 직접 만나 그들의 인생과 철학, 요리를 시작하게 된 사연 등의 이야기들을 전해 준다. 같은 직업을 가진 나로서는 미치게 재미있는 책이었고, 동시에 굉장히 유익한 책이기도 했다. 마음 한구석에서 질투가 나지 않은 것은 아니지만, 질투만으로는 얻을 수 있는 것이 없다. 질투를 하면 흔히 상대를 쉽게 폄하하기 때문이다. 질투보다는 존중과 존경으로 얻을 수 있는 것이 훨씬 많다.

　〈세기의 셰프를 만나다〉를 읽는 동안 나는 마치 스승과 선배들에게서 직접 조언을 듣고 있는 듯한 착각이 들었다. 책에는 그들의 요리 사진이 있다. 그 사진을 보고 있으면 마치 내가 직접 그 식당에 다녀온 느낌이 들 정도다. 글과 사진이 기막히게 잘 배치되어 있다.

　얼마 전 타계하여 전세계 요리사들의 애도를 받았던 전설적인 요리사 폴 보퀴즈부터, 나도 무척이나 좋아하는 뉴욕의 해산물 레스토랑 '르 버나딘'의 셰프 에릭 리페르, 포르투갈의 셰프 호세 아빌레즈, 스웨덴의 셰프 안톤 뷰흐와 야콥 홀스트럼, 이탈리아 퀴진(cuisine, 요리방식)의 개혁가라 불리는 구알티에로 마르케시, 한국인 최초 미슐랭 3스타 셰프 코리 리 등등 이 책에 등장하는 인물들은 모두 진정한 세계 최고의 요리사라 할 수 있는 분들이었다.

　〈세기의 셰프를 만나다〉에는 이들이 자신들의 요리와 삶을 지켜나가는 방법과 그들의 인생 노하우까지 담겨 있다. 따라서 이 책은 요리사들에게만 영향을 줄 수 있는 책이 아니다. 누구라도 감동과 영감을 얻을 수 있다.

　책을 덮으며 나는 생각했다. '맥주를 마시러 가야겠다!'고. 그날 일이 끝나자마자 나는 회사 근처 맥주 집으로 혼자 걸어갔다. 요리를 하다 보면, 그리고 인생을 살다 보면 내 맘대로 안 될 때가 더 많다. 실망하고 좌절도 하겠지만, 그래도 끝까지 포기하지 말자. 포기하지 않으면 고통스럽다. 하지만 고통이 나쁜 것만은 아니다. 고통은 치열한 삶의 증거이기도 하기 때문이다.

〈세기의 셰프를 만나다〉에 등장하는 그들은 정말 치열한 삶을 살았고, 지금도 그렇게 살아가고 있다. 그리고 무엇보다 그들은 요리를 처음 시작한 10대에도, 그리고 50~60년이 지난 지금도 여전히 꿈을 꾸고 있다. 꿈과 그것을 이루기 위한 치열함 덕분에 얻는 고통과 상처는 그 자체로서 인생의 영광이다. 땀을 흘리고 나서야 제맛을 느끼게 해주는 한 잔의 맥주가 인생 최고의 영광을 은유하는 밤이다.

17 | 인생을 바꿀 만한 무엇이 요리라니!

〈어설프지만 맛있게〉
(사토우 고우시 지음, 김보성 옮김, 글램북스, 2016)

일요일 아침. 나는 밀린 잠을 자느라 느지막이 눈을 떴다. 시간은 정오를 넘어 가을 햇살이 방 안에 가득하다. 집엔 인기척이 없다. 아내가 날 더 재우기 위해 딸아이와 집을 비운 모양이다. 마루에 나와 소파에 다시 누웠다. 적막한 공간에서 자유와 고독이 동시에 느껴진다. 하지만 오늘은 둘 중에서 자유를 선택하기로 했다. 가을 햇살이 따사로웠기 때문이다. 시간이 멈춘 듯이 느껴졌다. 문득 혼자여야만 했던 시절이 떠올랐다. 나는 눈을 감고, 20여 년 전으로 날아갔다.

호텔 입사 초기, 나는 총각이었고, 호텔에서 멀지 않은 북아현
동에서 자취를 하며 혼자 살았다. 초보요리사의 스케줄이란 고
무줄과도 같다. 근무시간이 일정치 않았다. 어느 날은 새벽근무
를 나왔다가 쉬는 선배의 땜빵을 하느라 야근까지 했는데, 다음
날 새벽 출근이 잡히는 바람에 이틀 동안 40시간 가까이 근무한
적도 있다. 안 그래도 아침잠 많은 나에게 그 롤러코스터 같은 스
케줄은 정말 힘들었다. 그러던 어느 날이었다. 연말이었고, 호텔
은 정신없이 돌아갔다. 그날은 일요일 새벽 근무를 마치고 4시쯤
퇴근을 했다. 열흘이 넘게 이어진 격무로 몸은 천근만근이었다.
자취방에 도착하자마자 난 씻지도 못하고 곯아떨어졌다. 얼마나
잤을까. 나는 화들짝 놀라서 눈을 떴다. 창밖에는 희미하게 날이
밝아오고 있었다. 시계를 보니 벌써 6시가 넘었다.

새벽 6시 전에 출근을 해야 했는데 완벽한 지각이었다. 시간을
엄수해 주방에서 내가 미리 해놓아야만 그 다음 순서가 진행될
수 있는 일이 있었다. 선배들의 불호령을 생각하니 정신이 다 아
득해졌다. 스프린터처럼 자취방에서 튀어나와 뛰었다. 택시에 올
라타자마자 빨리 가야 한다고 소릴 질렀다. 하늘이 진짜 노랗게
보일 수 있다는 것도 그때 처음 알았다.

잠이 덜 깬 나는 눈을 비비며 창밖을 보았다. 그런데 뭔가 이

상했다. 눈에 들어오는 풍경이 여느 날과는 어딘가 모르게 달랐다. 거리의 냄새랄까? 분위기랄까? 일단 새벽부터 거리에 웬 사람들이 그렇게 쏟아져 나와 있는지 알 수가 없었다. 창밖의 낯선 풍경에 나는 어리둥절해졌다. 룸미러로 시선을 맞춘 기사양반이 나에게 한마디 던진다. "총각, 이 시간에 뭐가 그리 급해?" 아니 이게 대체 무슨 소리인가? 난 물었다. "오늘 며칠이죠? 지금이 몇 시인가요?"

　일요일 저녁 6시였다! 상황은 이랬다. 이번 월요일 새벽 출근은 하늘이 무너져도 엄수해야 한다는 생각을 하다가 지나치게 긴장했던 것이다. 그날 나는 잠이 들고 불과 2시간 남짓 지나서 깼던 거다. 택시는 이미 호텔 근처에 이르렀다. 창피해서 북아현동으로 다시 돌아가자는 말을 하지 못했다. 호텔 앞에서 내려 다시 택시를 잡았다. 자취방으로 돌아가는 차 안에서 안도의 한숨은 쉬었지만 놀란 내 심장은 계속 벌렁거리고 있었다. 자취방으로 돌아오자 난 묘한 기분에 휩싸였다. 서글프고 우울했다. 자기연민이었다. 하룻밤을 벌었다며 웃어넘길 수도 있었을 텐데, 그런 명랑한 기분이 들지 않았다. 혼자 사는 방에서 다시 옷을 갈아입으며 내가 나를 위로해 줄 필요가 있다고 생각했다. 그날 나는 내가 차릴 수 있는 최대한의 성찬으로 스스로의 저녁을 준비했다. 그리고 그걸 먹으며 울었다. 까마득한, 하지만 신기하게도 시간이 갈수록 더욱 선명해지는 내 청춘의 기억이다. 이런 기억들 때문에 나는 내가 지금 요리사인 것이 좋다.

요리사인 내가 책을 읽고 서평까지 쓴다고 하니, 그게 일면 신기하고 기특한지, 요즘은 출판사에서 종종 책을 보내온다. 지난주에 내가 주방에서 읽은 책은 사토우 고우시가 쓴 〈어설프지만 맛있게〉다. 소설 형식을 빌린 에세이다. 주인공은 까칠하고 건조한 성격의 대학생이다. 그는 자취생이지만 밥을 해 먹지 않는다. 그저 끼니를 때우기 위해 사 먹는다. 그러던 어느 날 데이트 비용을 아끼기 위해 여자친구에게 요리를 해주게 된다. 여자친구는 그의 요리를 아주 맛있게 먹는다. 요리에 전혀 취미도 없었던 젊은 남자가 만든 첫 요리가 맛있을 리가 없는데도 불구하고 말이다.

그 일을 계기로 주인공은 인생에서 중요한 것 하나를 깨닫는다. 우선 누군가를 위해 요리를 하는 것이 얼마나 대단한 수고와 배려인지를 느꼈고, 나아가 나를 위해 음식을 해주는 사람들에게, 그리고 자연에게 감사함을 느낀다. 주인공은 이후 편의점 간편식으로 허기를 채우는 대신 제 손으로 먹거리를 해결해 나간다. 〈어설프지만 맛있게〉는 요리를 통해 진정한 행복의 길을 찾아낸 한 청년의 성장기를 담고 있는 책이다.

책에는 이런 이야기도 있다. "'잘 먹겠습니다', '잘 먹었습니다' 라는 말을 왜 해야 하는지 아십니까? '잘 먹겠습니다'의 의미 중 하나는 만드는 사람의 수명을 먹는 행위이기 때문입니다." 음식 을 하찮게 여기는 것은 만들어준 사람의 생명을 하찮게 여기는 행위라는 말이다.

요리를 하는 청춘은 건강뿐 아니라 일머리까지 좋아진다. 일 잘하는 사람에겐 순차적 실행력이 몸에 배는데, 이는 재료 준비 부터 불 조절, 맛 내기까지 매번 순차적 실행력을 발휘해야 하 는 것이 요리라는 행위이기 때문이다. 당시 주인공은 꼬치집에 서 아르바이트를 하고 있었는데 스스로 밥을 지어 먹기 시작한 후 미세한 변화를 감지한 단골손님에게 다음과 같은 칭찬을 듣 는다. "아름다운 일처리란 건 말이지 카운터를 깨끗이 닦는, 그런 일이 아니야. 예를 들어 이 정종 잔을 어디에 둘까. 상대가 잡기 쉬운 위치에 둘 것인가 어쩔 것인가. 정종 병과 뜨거운 물을 어디 에 둘까. 내가 만들기 쉬운 곳에 놓을 것인가. 그런 것들이 정리 안 되는 애들은 일하는 게 엉망이 되니 일이 아름답지 않아져."

저자는 현재 규슈대학 농학부 교원으로 '식'과 '생'을 주제로 강연활동을 통해 먹거리를 둘러싼 생태환경교육을 하고 있다. 그가 진행하는 '체험과 참여를 중시한 교육'은 학생들로부터 큰

호응을 얻고 있다고 한다. "사회를 바꾸는 것은 선거만이 아니야. 뭘 살지, 뭘 먹는지, 만약 여러분이 편의점 도시락만 먹는다면 일본의 편의점이 넘치고 농업은 쇠락하겠지. 만약 여러분이 유기농 농산물을 산다면 일본은 유기농 농사가 늘어나겠지. 뭘 살지, 뭘 먹는지, 이건 사회구조를 정하는 선거의 1표와 같다."(책_128쪽)는 저자의 말에 고개가 절로 끄덕여진다.

이 책을 읽으며 자취를 하는 청춘들에게 꼭 해주고 싶은 말이 생각났다. '스스로를 사랑하고 배려하며 아끼라는 것'이다. 대충 끼니나 때우려는 것은 스스로를 학대하는 행위에 다름 아니다. 주머니 사정으로 비록 싸고 거친 재료밖에 구하지 못한다고 해도, 매끼 자신을 위해 최대한 정성껏 요리하길 바란다. 라면도 정성을 들이면 명품 요리로 만들 수 있다. 사랑하는 사람을 위해 만드는 음식처럼 그런 마음으로 자신을 위한 요리를 해보라. 장담컨대 인생이 바뀌는 경험을 하게 될 것이다.

18

대한제국 황실 연회 음식
재현행사를 마치고

〈음식에 담아낸 인문학〉(남기현 지음, 매일경제신문사 , 2015)

　나의 일터인 조선호텔은 원래 환구단(圜丘壇)이 있던 자리다. 러시아 공사가 공모한 아관파천으로 인해 땅에 떨어진 나라의 위신을 높이고자 고종은 조선의 국호를 대한제국으로 바꾼다. 환구단은 1897년 10월 12일 대한제국 황제 즉위식 때 하늘에 제를 올리기 위해 지은 곳이다. 그러나 일제는 1914년 이 환구단의 일부를 철거하고 지하 1층, 지상 4층의 조선호텔을 건설했다. 지금 소공동에 위치한 호텔 뒷마당에 있는 황궁우(皇穹宇)와 석고단(石鼓壇)은 당시 철거된 환구단의 일부다. 처음 요리사가 되었을 때는 매일 이 가슴 아픈 유적 앞을 지나 출근하면서도 유적에 대한 관심도 지식도 없었다. 그저 옛 건축물이라 보존하고 있는 것이려니 하는 정도였다. 그런데 어느 날부터인가 그 익숙한 공간이 눈에 들어왔다. 자신의 공간에 대한 자각, 이런 증상은 아마도 내가 이젠 나이를 좀 먹은 덕분일 것이다. 돌아봄이라는 것은 걷고 난 후에나 겨우 가능해지는 행위니까 말이다.

1914년에 지어진 조선호텔도 역사적 의미가 있는 공간이다. 당시 일본에서 활동하던 독일인 건축가 게오르크 데 랄란데가 설계했다. 지하 1층, 지상 4층짜리 건물이었고, 처음 이름은 조선철도호텔이었다. 당시 이 건물은 우리나라 최초의 기록을 여럿 가지고 있다. 최초의 엘리베이터, 최초의 아이스크림, 최초의 서양식 결혼, 최초의 댄스파티 등등. 해방 직후 조선호텔은 미군정의 관리 하에 들어가면서 하지 중장과 미군 고위장교들의 집무실로 사용되기도 했다. 그리고 이 건물의 마지막 손님은 1967년 방한한 험프리 미국 부통령이었다고 한다.

이후 지상 18층의 현대식 건축물로 새로 지어진 것이 바로 지금의 조선호텔이다. 공교롭게도 내가 지금 근무하고 있는 이 건물은 내 나이와 똑같다. 그래서일까? 언젠가는 이 공간의 역사성과 '나'라는 존재가 어떤 식으로든 엮일지 모르겠다는 막연한 생각을 한 적이 있다. 그런데 희한하게도 진짜 그런 일이 일어났다.

대한제국 선포 120주년을 맞이하여 2017년 봄부터 문화재청, 문화유산국민신탁, 조선호텔, 배화여대가 함께 문화재지킴이 민관산학 협력을 시작했다. 여기서 추진한 120주년 기념행사 중 하나가 바로 '대한제국 황실 서양식 음식문화 재현행사' 프로젝트였다. 나는 여기서 음식 재현을 담당하는 메인 셰프로 참여하게 되었다.

처음에 나는 황실 연회메뉴가 조선후기 궁중음식이거나, 거기에 서양식이 섞여 있을 거라 단순하게 예상했다. 〈경국대전〉, 〈조선왕조실록〉, 〈진연의궤〉, 〈진작의궤〉, 〈궁중음식발기〉 정도의 문헌만 찾아보면 비교적 쉽게 해결할 수 있는 과제가 아닐까 싶었다. 그런데 재현 프로젝트가 본격화되면서 세미나에 참석해 설명을 들어보니 놀랍게도 당시의 황실 메뉴는 프랑스 정찬이었다. 나는 순간 멍해졌다. 이건 상상도 못 했는데 정말 큰일이다 싶었다.

국립중앙박물관의 협조를 받아 당시 외국에서 수입하여 궁중 연회행사에 사용됐던 그릇들을 보았다. 박물관 지하수장고에도 들어가 당시 요리사들이 사용했던 조리도구들도 살펴보았다. 디저트 케이크 등을 만들던 틀을 포함해 흥미로운 것들이 많았다. 정말 놀라웠다. 녹만 아니라면 호텔로 당장 가져와서 써도 될 것 같았다. 황실주방에서 일하는 증조할아버지뻘의 선배 요리사들이 분주하게 움직이는 모습이 마치 눈앞에 그려지는 것 같았다.

나는 공부를 시작했다. 당시 황실 전속요리사는 프랑스 알자스 출신의 앙투아네트 손탁이라는 여성이었다고 한다. 그는 1885년부터 1909년까지 24년간 황실 요리사이자 서양의전 전례관으로 수많은 황실 연회를 직접 챙겼다. 그런데 그녀는 당시의 연회 관련 자료들을 전혀 남기지 않았다. 조선은 기록의 나라였는데, 대한제국에서 어찌 이럴 수가 있었을까 싶어 안타까운 생각마저 들었다. 다행히도 배화여대의 학술연구 덕분에 당시 정찬의 메뉴명을 겨우 알 수 있게 되었다. 하지만 조리법과 연회 상차림에 대한 기록이 전혀 없었기 때문에 음식 재현은 여전히 막막했다.

며칠을 고민하던 중에 120년 전통의 프랑스 요리학교 르 꼬르동 블루의 요리장과 연락이 닿았다. 그에게서 1890년대 프랑스 정찬 조리법에 대한 조언을 들을 수 있었다. 나는 당시의 프랑스 요리책들을 닥치는 대로 찾기 시작했다. 하지만 자료들은 충분치 않았다. 이 프로젝트 동안 나는 기록과 책의 소중함을 다시 한번 절실하게 느꼈다. 수소문하던 중 우연히 1890년대 프랑스 요리법을 그림과 함께 자세하게 설명한 책을 한 경매 사이트에서 찾았다.

이사벨라 비톤이 쓴 첫 번째 인쇄본인 〈살림에 관한 책〉은 오랜 세월을 건너고 바다도 건너, 이제 내 손에 들려 있다. 도깨비유물처럼 곰팡이 냄새를 풀풀 풍기면서 말이다. 책장을 한 장씩 넘길 때마다 나는 감탄사를 연발했다. 책 속에 그토록 내가 찾아 헤매던 조리법이 글과 그림으로 기막히게 설명되어 있었다.

'대한제국 황실 서양식 연회 음식 재현행사'에서 선보인 메뉴는 정통 프랑스식 12코스 요리였다. 크넬 콩소메(고기 단자를 넣은 맑은 수프), 구운 생선과 버섯요리, 꿩 가슴살 포도 요리, 푸아그라 파테, 안심 송로버섯구이, 아스파라거스와 홀라데이즈 소스, 양고기 스테이크, 스트링 빈스 볶음, 샐러드, 파인애플, 아이스크림과 치즈, 디저트와 커피 및 식후주로 구성했다. 요리들은 큰 접시에 담아 손님에게 보여준 후 개인 접시에 나눠주는 방식으로 제공했다. 식탁 위 테이블보와 그릇 등 모두 유럽식으로 꾸며졌으며 요리의 재료였던 새우, 캐비아, 연어 등은 최상의 것들만 사용했다.

대한제국 황실 서양식 음식문화 재현행사는 무사히 끝났다. 하지만 나로선 그것이 또 다른 뭔가의 시작이었다. '좋은 책이란 또 다른 책을 읽고 싶도록 만드는 책'이라는 말이 있다. 힘겨웠지만 멋졌던 요리역사여행의 경험은 나의 지적 호기심을 더욱 강렬하게 자극했다. 그래서 곧바로 찾아 읽은 책이 바로 남기현의 〈음식에 담아낸 인문학〉이다.

이 책에는 중국에서 날아온 자장면이 어떻게 대한민국 대표 대중음식이 되었는지, 복날 삼계탕으로 이열치열을 하는 이유는 무엇인지, 영광굴비의 고향이 사실은 영광이 아니라는 사실까지, 음식에 담긴 흥미로운 이야기들이 가득 담겨 있다.

신문사 현직기자인 저자는 오랜 시간 식품산업과 다양한 음식 문화를 취재한 경험을 가진 저널리스트답게 꼼꼼하고도 흥미롭게 요리의 역사와 인문학적 가치를 설명하고 있었다. 이 책을 읽으면서 나는 잘 차려진 프랑스식 12가지 정찬을 즐기는 기분이 들었다. 상큼한 에피타이저, 따뜻한 수프, 더없이 먹음직스러운 메인디시, 화려하고 다양한 디저트, 그리고 샴페인에 커피까지, 아주 우아하고 품격 있게 하나하나 음미하면서 말이다.

미각도 유기체다. 불과 100~200년 전이라지만 우린 그때의 음식 맛을 알지 못한다. 재료도 변하고 조리법도 끝없이 변한다. 그래서 역사 속의 음식을 재현한다는 것은 화석으로 발굴된 뼈 모양만 가지고 살아 있는 공룡의 모습을 추측하는 것과 비슷하다. 〈음식에 담아낸 인문학〉은 음식을 고고학적 차원으로까지 즐길 수 있도록 만드는 아주 멋진 책이다.

19

요리보다 글이 더 맛있는 글쓰기

〈위로의 레시피〉(황경신 지음, 스노우캣 그림, 모요사, 2011)

제길, 오늘 하루는 정말 길었다. 아침 내내 어지럽더니 속이 뒤집히며 구토가 밀려온다. 이게 다 TV 때문이다. 놀랍도록 역겨운 뉴스들. 국가 경영을 책임지겠다고 한 자리씩 차지했던 자들의 위선과 부패는 정말이지 용서가 안 되는 수준이다. '분노와 좌절, 허탈감에 빠지다' 같은 표현은 소설책에나 등장하는 수사법인 줄 알고 살았다. 그런데 그런 감정이 실제로 지금 내 뱃속에서 일어나고 있었다. 지금의 나를 더욱 견딜 수 없게 만드는 것은 저들의 비겁함이다. 당장 내일 밝혀질 일에도 일단 입만 열면 거짓말부터 쏟아놓는다. 깨끗한 음식, 비싼 음식 가려넣었을 그 입으로 어떻게 저렇게 더러운 거짓을 토해낼 수 있는지, 그 모습을 보고만 있어도 아찔하다.

최순실 국정농단 관련 뉴스를 접할 때마다 지금껏 내가 가졌던 삶의 보편적인 가치관이 무너진다. 허탈한 나머지 몸까지 아플 지경이다. 다시 희망을 말할 수 있을까? 우리의 미래인 아이들에게 나는 무엇을 통해 희망을 보여줄 수 있을까?

내가 근무하는 호텔은 서울시청 광장 앞에 있다. 국민을 기만한 꼭두각시 대통령의 하야를 원하는 분노한 시민들의 평화적 시위와 집회를 매일 목도하고 있다. 평범한 직장인들과 대학생들, 유모차를 끄는 엄마와 아빠 등등 다양한 시민들이 집회에 참여하고 있다. 농락된 국민의 주권을 되찾고자 하는 마음들이 날마다 이 광장에 모이고 있다. 나는 길을 걷다 말고 시위에 참여하고 있는 고등학생들을 한참 동안 지켜보았다. 그들의 젊고 싱싱한 함성이 가슴을 쳤다. 신기하게도 아침 내내 밀려오던 구역질이 눈이 녹듯 사라졌다. 다시 희망을 보았기 때문일까?

내가 음식을 만드는 사람이 되고자 했던 이유 중에는, 음식이 사람의 생명을 살리는 숭고한 것이라는 점도 있었다. 나로선 늘 그것이 자부심이었다. 그래서 누가 뭐래도 나는 내 일이 좋았다. 아무리 힘들어도 그렇게 나는 견딜 수 있었던 것이다. 시위에 참여한 고등학생들의 모습을 지켜보면서 난 '밥과 희망'이라는 단어를 입으로 되뇌었다. 그것은 인간을 살게 하고, 인간을 인간이게 하는 두 가지라는 생각이 들었다. 나는 지금껏 밥만 만드는 사람이 아니었을까? 저 아이들이 저토록 순수한 열정을 갖고 광장에 나와 이 나라에 희망을 준다면, 나는 또 나대로 저 친구들에게 희망을 되돌려줄 수 있는 사람이어야 하지 않겠는가 싶었다. 그날 나는 요리사로서 '위로와 희망의 밥'을 만들고 싶었다.

나는 호텔로 들어와 내 캐비닛을 열어 책을 한 권 꺼냈다. 〈위로의 레시피〉. 황경신 작가는 정말 '미칠 것 같은' 문장력을 가지고 있다. 글을 어찌나 맛깔나게 잘 쓰는지. 언젠가 기회가 된다면 내가 만든 요리에 대해서도 꼭 표현해 달라고 조르고 싶을 지경이다. 분명 내 요리보다 그녀의 글이 더 맛있을 것이다. 요리란 그런 것이다. 예쁘게 그릇에 담는다고 해서 완성되는 것이 아니다. 그 요리의 진가를 아는 사람의 입으로 들어간 후, 말로서 표현되고 품평이 이루어지는 바로 그 순간이 요리의 완성인 것이다.

죽어도 좋을 만큼 맛있었던 '달걀말이', 아빠의 사랑이 온전히 전해지던 '김치밥국', 세상을 달관한 듯한 '알 게 뭐야 스파게티'와 '그럭저럭 물국수' 등등. 작가는 자기 추억 속의 잊지 못할 음식들을 하나하나 소개하면서, 동시에 지치고 외롭고 상처받은 이들을 위한 따뜻한 이야기들을 풀어내고 있다. 따뜻한 국밥 한 그릇과 소박한 달걀말이에 환호하고 열광하는 사람들의 모습이 떠올랐다. 삶의 에너지이자 희망이 된 음식들. 황경신 작가에게 음식이란, 이 세상 더불어 함께 살아가는 법까지 일깨워주는 생활교본이기도 했다.

요리사인 나는 늘 색다른 재료와 조리 기술 등에 대해 고민할 수밖에 없다. 하지만 그러다 보면 종종 사람을 잊는다. 〈위로의 레시피〉를 일주일 넘게 손에 쥐고 다녔다. 시위대의 인파를 헤치고 출퇴근하는 동안 나는 이 책을 들고 다니며 읽고 또 읽었다. 참치통조림 하나면, 슬픈 맛탕, 영국식 아침식사, 삼겹살의 비밀,

장조림 하나면 두려울 것이 없다 등등. 이 책의 차례를 천천히 훑으며 이 환멸스러운 세상에서 다시 서야겠다는 의지를 얻었다.

"요리는 상상력이다. 요리는 그림이다. 세상에 존재하지 않는 요리를 만들기 위해서는 상상력을 동원하여 그림을 그려야 한다. 나는 가끔, 글을 쓰는 것보다 요리를 하는 것이 더욱 창조적인 행위가 아닐까 생각한다."(책_160쪽)라는 대목을 읽으면서 나는 혼자 껄껄 웃었다. '글로 요리사를 미치게 만들어놓고는 정작 자신은 요리사의 세계를 넘보다니!' 혹시라도 만날 기회가 된다면 내 요리 기술을 몽땅 넘겨주고 싶다. 대신 나는 그 아름다운 표현력 좀 나눠달라고 애걸할 생각이다.

| ## 양은 도시락과 어머니

〈밥 하는 여자〉, 〈조반은 드셨수〉
(한복선 지음, 에르디아, 2013, 2015)

　지난 열흘가량은 책을 읽지 못했다. 책장을 펼쳐들긴 했지만 글자가 눈에 들어오질 않았다. 우리나라는 의(義)가 살아 숨 쉬는 나라가 될까? 온갖 적폐를 청산하고, 다시 희망을 꿈꿀 수 있을까? 그리하여 결국 나는, 내 자식들에게 자랑스러운 아버지로 기억될 수 있을까? 조금은 희한한 경험이었다. 책을 펼치고 있지만, 시선은 자꾸만 글자와 글자 사이 그 행간을 향했다. 이 책 저 책 매일 뒤적거렸지만, 몽땅 학창 시절 공부하기 싫을 때 펼쳐들었던 교과서 같았다. 그야말로 상념의 열흘이었다. 드디어 3월 10일! '박근혜 탄핵 파면 결정'이 내려졌다. 나는 환호성을 질렀다. 덩실덩실 춤이라도 추고 싶었지만, 내 직업이 직업이니만큼 그것만은 애써 참았다. 칼을 들고 춤을 춘다면 망나니처럼 보였을 테니 말이다. 하지만 하루 종일 마음만은 덩실덩실이었다.

바쁘다. 세상은 새 희망에 바쁘고, 덩달아 나도 바쁘다. 원래 요리사들은 늦겨울과 초봄 사이에 굉장히 바쁘다. 계절을 앞서 살아야 하는 사람들이 있다. 대표적으로 패션업계 사람들이 그렇지만 우리도 그렇다. 요리사들은 계절이 바뀌기 전에 미리 메뉴 계획과 어떤 식재료를 쓸 것인지 생각하고 계획하고 준비해야 한다. 주방 스케줄이 새벽과 밤을 오락가락하다 보니, 나는 늘 잠이 부족하다. 현대의 직장인들 대부분이 그렇겠지만 나 역시 독서시간을 따로 확보하기 어려운 일상이다. 새벽 출근 후 하루 일과를 마치고 집에 오면 파김치가 되어 독서는 엄두도 나지 않는다. 그래서 나는 지하철과 화장실에서 주로 책을 읽는다.

그런데 이게 생각해 보니 좀 재미있다. 온전히 혼자 있어야만 하는 시간과 가장 많은 사람들이 들어찬 공간에서의 독서가 내 일상이라니. 그러고 보면 책은 언제 어디에서라도 읽을 수 있는 것 아닌가! 나에게 읽겠다는 의지만 있다면 말이다. 아무튼 지하철과 화장실은 내 독서생활의 성지다. 내가 오로지 나 자신만을 위해 사용하는 완전한 나의 시공간. 이것으로 나는 늘 행복하다.

내 나라의 주인이 나라는 사실을 증명한 기쁨의 날을 보낸 바로 다음날 아침, 나는 어떤 책을 들고 지하철을 탈 것인지 한참을 고민했다. 뭔가 특별한 책을 고르고 싶었기 때문이다.

얼마 전, 한식과 궁중요리의 대가 한복선 선생께서 나에게 직접 보내주신 책이 있다. 〈밥 하는 여자〉, 그리고 〈조반은 드셨수〉이다. 한복선 선생께서 쓴 두 권의 시집이다. 어린 시절 TV에 나와 손수 만드시던 그 요리들을 보며 침을 꼴깍꼴깍 삼키던 기억이 선연하게 떠올랐다. 나는 그때 참다못해 엄마에게 똑같은 요리를 만들어달라고 조르기도 했다.

"글쎄, 똑같이 할 수 있을까? 저게 쉬워 보이지만, 정성이 얼마나 많이 들어가는데….”

나는 세상에서 엄마보다 더 요리를 잘하는 사람이 존재할 수 있다는 것을 그때 처음 알았다. 한복선 선생에 대한 내 첫 기억이다. 그런 분의 친필 사인본이라니. 살짝 떨리는 기분으로 책을 집어들었다. 촉감이 좋다. 전통 한지를 만질 때처럼 편안하고, 표지 그림도 아름다웠다. 그런데 세상에! 표지와 본문에 들어간 그림들도 한복선 선생이 직접 그린 것이다. 음식을 만드는 분이 시를 쓰고 그림까지 다 그려넣었다니, 처음엔 그저 놀라울 따름이었다. 하지만 곰곰이 생각해 보니 그 깊은 맥락에 이해가 닿았다. 한복선 선생은 그저 한식의 모양과 맛만을 추구한 것이 아니라 한식이라는 대상의 존재성과 본질, 즉 한식에 담긴 정신과 예술성, 그리고 전통에 담긴 철학까지 오랜 세월 배우고 익히고 추구했던 것이다.

장정이 워낙 아름답기도 하거니와 책에 실린 시편들을 보니, "아~" 하는 감탄이 입에서 절로 흘러나왔다. 음식과 식재료 하나하나가 문학적 소재가 되어 시편으로 멋지게 직조돼 있었고, 이를 통해 전혀 새로운 세계가 열리고 있었다. 음식이란 단지 혀끝에서만 맴돌고 마는 감각의 소유물이 아니라 사람의 희로애락이 모두 담기는 그릇이 되고, 그렇게 인생이 되고, 철학이 되고, 결국 품격이 다른 또 하나의 세계를 이룰 수 있는 존재라는 점을, 이 시집은 말하고 있었다.

쉽고 편안한 단어와 문장으로, 마치 할머니의 다리를 베고 누워 듣는 옛날이야기처럼, 한복선 선생의 시는 더없이 따뜻하고 정다웠다. 밥상 예절로 시작해 국수, 김치, 국, 장, 전, 찜, 고등어자반, 식혜, 화채, 술까지 다양한 음식과 인생 이야기가 함께 펼쳐진다.

"겨울철/등교하면 당번이 교실 뒤/귀신 있다는 사변 때 파 놓은 방공호에서/조개탄을 양동이에 배급 받아 무쇠난로에 불을 지핀다/매운 연기에 눈 비비며/얼굴은 검댕이로 슬픈 웃음이다//벌겋게 달아오른 난로에 양은 도시락을/미끄러지지 않게 쌓아 두면/김치찌개 밥 타는 냄새 가득해진 교실/마치 집 부엌이다/밥 먹고 싶어 눈길은 난로 위 도시락/점심시간 아닌 때 밥 먹고/선생님 공부 소리는 자장가 된다//나중 알았다/그때 밥 없어 굶었다는 우리 또래/아침밥 굶고 와 그 밥 냄새가 고통이었다고/왜, 이제야 알게 되는 것이 많은가/곁 사람의 아픔을/그때 그것을 알았더라면/죽는 날에 철든다는/새털 같은 인간의 측은지심"(〈양은 도시락〉 전문)

가슴이 짠하게 내게 다가온 시가 〈양은 도시락〉이다. 중학생 시절, 점심시간만 되면 조용히 교실을 빠져나가는 친구가 있었다. '저 녀석은 만날 어딜 가는 거야?' 하며 어느 날은 그 녀석을 미행했다. 학교 밖에 나가 군것질이라도 한다면 반쯤 빼앗아 먹을 심산이었다. 그런데 나는 그날, 의외의 장면을 목격했고 충격을 받았다. 녀석은 수도꼭지에 입을 대고 물을 먹고 있었던 것이다.

집에 돌아온 나는 어머니에게 "도시락도 안 싸주는 걔네 엄마는 못된 계모인 것 같다"고 말했다. 어머니는 아무 말 없이 내 얘기를 듣기만 하셨다. 다음날 아침, 어머니는 내게 양은 도시락 하나를 더 주셨다. 그날부터 나는 친구에게 매일 도시락 배달을 해야 했다. 그 일로 나는 어머니께 배운 것이 있다. '내 배가 부르다고 해서 남의 배고픔까지 잊어서는 안 된다는 것'이다. 이 경험은 어쩌면 훗날, 내가 요리사란 직업을 선택하게 된 계기가 되지 않았을까 싶다.

〈밥 하는 여자〉와 〈조반은 드셨수〉, 이 두 권의 시집을 읽는 동안 나는 요리사로서 다시 한 번 깊이 반성하고 성찰했다. 고작 예쁜 모양, 고작 맛, 고작 건강, 나는 그렇게 '고작'이라는 단어 정도로만 언급될, 그저 그런 요리사가 아니었을까? 믿음과 배려, 그리고 무엇보다 인간에 대한 뜨거운 사랑! 이렇게 진정으로 가치 있는 인간의 덕목을 담은 음식을 만들어본 적이 없다. 갈 길이 참으로 멀기만 하다는 생각이 들었다. 나는 한복선 선생의 시편들을 읽는 동안 다시 어린아이가 된 느낌이었다. 어머니의 품안에 안겨 다시 따뜻한 마음을 배워가는 아이. 그래, 다시 시작하면 되지 뭐! 이 땅의 민주주의처럼!

21

이라도 튼튼하면 얼마나 좋을까!

〈나는 어머니와 산다〉(한기호 지음, 어른의시간, 2015)

똑같이 '지킨다'고 표현할 수 있지만, '재산'을 지키는 것과 '가치'를 지키는 일은 전혀 다른 행위다. 간직하는 위치가 달라서일까? 사랑, 믿음, 희망, 용기, 우정, 모정 등등 인간에게 '가치'란 하나같이 눈에는 보이진 않는 것들이다. 하지만 이 교환 불가능한 가치들은 인간을 인간이게 만드는 가장 소중한 것들이기도 하다. 돈처럼 교환이 가능한 것들은 사람을 짐승으로도 만들 수 있는데 말이다.

엄마….

몸이 약하셨던 어머니는 나를 낳고 키우면서 병원에 입원하실 정도로 아프셨다. 결국 3남매의 막내인 나는 외가댁에 맡겨졌다. 어머니의 건강이 좋지 않으실 때 태어난 탓이겠지만 어린 나도 약했다고 한다. 당시 나는 영양실조와 폐렴으로 인해 작은 바람에도 쉽게 꺼질 수 있는 작은 촛불 같았다고 한다. 하지만 외할아버지의 지극정성으로 나는 건강을 찾았고 어머니도 퇴원을 하시면서 흩어졌던 우리 식구들이 한집에 살 수 있게 되었다.

당시 외할아버지는 종종 나의 손을 잡고 커다란 빵집으로 데려가셨다. 그 빵집은 성신여대 앞에 있던 태극당이었다. 어린 나의 눈에 그곳은 천국 그 자체였다. 할아버지가 골라주신 맛있는 빵을 손에 쥐고 집까지 걸어왔던 기억을 난 아직도 잊지 못한다.

곰보빵과 카스텔라. 곰보빵은 씹는 맛이 좋았고, 카스텔라는 입에서 녹는 그 달콤한 부드러움이 황홀했다. 호텔에서 일하고 있는 나는 세상의 온갖 화려하고 멋진 빵들을 언제든 맛볼 수 있다. 하지만 나에겐 여전히 소박한 곰보빵과 카스텔라가 빵의 왕이다.

   그 시절 카스텔라는 비싼 빵이었다. 내가 아무리 좋아해도 매일 먹을 순 없었다. 어머니는 그것이 늘 맘이 쓰이셨나 보다. 어느 날 카스텔라를 실컷 먹게 해주시겠다면서 속이 깊은 커다란 프라이팬을 사오셨다. 그리고는 카스텔라 만드는 법을 배우러 다니셨다. 그리고 얼마 후 드디어 엄마표 카스텔라를 맛보던 그날은 내 인생에서 가장 행복했던 하루로 기억된다. 어머니는 빵을 손으로 뜯어 주셨고 나는 한껏 입을 벌려 참새처럼 받아먹었다. 맛있냐는 어머니의 물음에 나는 말없이 웃으며 엄지척을 했다. 나는 아직도 카스텔라를 볼 때마다, 그 행복했던 날 어머니의 얼굴에 피어올랐던 미소가 떠오른다. 어머니가 카스텔라를 통해 유전해 준 나만의 반사신경이다.

   이번 연말에 열심히 읽은 책이 있다. 〈나는 어머니와 산다〉라는 책이다. 치매로 요양병원에 계시는 어머니를 돌봐야 하는, 우리 집안 사정을 잘 아는 친구가 준 선물이었다. 나는 이 두껍지도 않은 책을 아주 오랫동안 읽었다. 구절마다 공감했고, 문장마다 가슴에 사무쳤다. 〈나는 어머니와 산다〉는 혼자 사는 중년의 아들이 치매 초기의 어머니를 집에서 직접 모시는 이야기를 담고 있다. 출판평론가로도 유명한 한기호 씨의 글을 다른 지면을 통해 가끔 읽었지만, 이런 힘든 가정사가 있는지는 몰랐다. 엄중하고 날카롭게 현실을 비판하지만, 특유의 낙관론을 펼치며 늘 굳건한 희망으로 맺는 그의 힘찬 문장들을 떠올리면, 이런 가정사는 정말 의외였다.

"어머니는 어쩌다 입맛에 맞지 않은 국은 그냥 내버려두신다. 여름에는 국을 그대로 두면 금방 쉬고 만다. 말씀을 하시면 될 텐데 마음이 약해 그러지 못하시고 이렇게나마 속내를 드러내신다. 그럴 때면 나도 조용히 그 마음을 읽고 새로운 찌개나 국을 끓이곤 한다. 이라도 튼튼하면 얼마나 좋을까!"와 같은 문장을 읽고 진솔하고 진심 어린 마음이 느껴져 감동이 컸다. 늘 책을 읽으며 살아가는 지식인답게 그는 가장 쉽고 편안한 문장으로 독자들을 사로잡아 깊은 성찰과 사유로 곧장 이끌고 간다. 나처럼 편찮으신 부모님을 모셔야 하는 사람들이라면 물론이고, 인생의 진정한 가치에 대해 생각해 보고자 하는 사람들이라면 누구라도 쉽게 공감하면서, 큰 위로와 힘을 얻을 수 있는 그런 내용이다.

〈나는 어머니와 산다〉를 읽으며 가장 인상 깊었던 것은 그가 독서를 권하는 부분이었다. 오랜 간병 후에 찾아오는 마지막 이별. 사랑하는 사람의 죽음을 받아들이고, 그 죽음을 통해 우리의 삶을 더욱 깊게 만드는 것. 이 모든 삶에 대한 사유가 책을 읽음으로써 쉽게 가능해진다는 그의 이야기에 나는 크게 공감했다. 이 책은 독서란 '유한한 인간이 불멸에 맞서는 행위'라던 샤를 단치의 그 장렬한 독서론을 다시 떠올리게 한다. 누구나 태어나면 언젠가는 맞이하게 되는 죽음. 이 불변의 사실을 정직하고 용감하게 인식할 수만 있다면, 누구라도 '의미 있는 삶'을 살게 되지 않을까 싶었다.

한편으로는 간병을 해야 하는 자식의 입장을 그저 딱하게만 보는 시선이 있다. 그것은 당연한 측은지심일 것이다. 간병은 물론 고통스러운 일이다. 하지만 고통이 다는 아니다. 고통은 고통에 쉽게 패배하지 않는 자들에게 선물을 준다. 무엇보다 인간이 마지막까지 지켜야 할 '가치'를, 그리고 그 의미를 깨닫게 해주는 것이 가장 큰 선물이다.

치매를 앓고 계신 나의 어머니는 벌써 3년째 요양병원 생활을 하신다. 아예 말도 못 하시고 자식들도 겨우 알아보신다. 이제는 그저 울음과 눈빛으로만 마음을 표현하실 뿐이다. 그런 어머니를 마주해야 하는 자식의 심정은 이루 말할 수 없이 매번 아프다. 하지만 이 고통은 어쩌면 어머니가 나의 입에 손수 넣어주시는 생의 마지막 카스텔라가 아닐까?

카스텔라는 그 검고 쌉싸름한 껍질을 갈라 벌리면 달고 폭신한 것이 나온다. 카스텔라의 포장을 풀 듯 책장을 펼치고, 빵을 자르듯 한 장씩 페이지를 넘기다 보면 입 안에서 깊고도 깊은 달콤함이 퍼진다. 아픔과 슬픔은 때때로 이토록 달다. 〈나는 어머니와 산다〉는 나에게 이 기이한 사랑의 맛을 깨우치게 해준 책이다.

03

味

Taste

Food

Life

flavor

22

술에 담긴 삶의 이야기

〈행복한 세계 술맛 기행〉
(니시카와 오사무 지음, 이정환 옮김, 나무발전소, 2011)

'다 먹고살자고 하는 짓!'

나는 이 말을 싫어한다. 나 하나 살자고 무슨 짓이든 할 수 있다는 말이 아닌가? 우리가 쉽게 내뱉는 말 중엔 이토록 끔찍한 뜻을 담은 것이 있다. 욕설이라기보단 감탄사처럼 쓰이는 '제기랄' 같은 단어도 그 어원을 따지면 '제 애기랑 할'에서 나왔다고 한다. 상상도 못 할 끔찍한 뜻을 담고 있는 것이다.

미식가, 식도락가, 대식가처럼 프랑스어에도 먹는 것을 좋아하는 사람을 표현하는 단어가 여럿 있다. 먼저 'glouton(글루통)'은 식충이나 대식가 정도로 번역할 수 있는데, 중세엔 '위장과 요리사의 노예로 사는 게걸스러운 대식가'를 뜻하는 말이었다고 한다. 이와는 격을 달리하는 'gourmet(구르메)'라는 말도 있다. '미식가' 정도로 번역하지만, '좋은 포도주와 세련된 요리를 가려낼 줄 아는 사람'이라는 뜻을 담고 있다. 이보다 더 상위의 개념도 있다. 'gastronome(가스트로놈)', 이 역시 적절한 구분 없이 '미식가'로 번역하지만, 원래는 '식사의 쾌락을 지적으로 승화하는 미식가'라는 뜻을 담고 있다.

동양은 먹음에 대해 어떤 태도였을까? 〈논어〉의 '학이편'에는 이런 말이 나온다. '君子食無求飽 居無求安(군자식무구포 거무구안)'

군자는 먹는 데 배부른 것을 구하지 않고 거처하는 데 편안한 것을 구하지 않는다는 말이다.

　최근 〈행복한 세계 술맛 기행〉이란 책을 읽는 동안 떠올렸던 단어와 문장들이다. 이 책은 2011년도에 번역 출간되었는데, 최근 우리 사회에 불어닥친 미식열풍을 감안한다면 오히려 지금쯤 나왔으면 더 많은 독자들의 눈길을 사로잡지 않았을까 싶은 책이다. 아무튼 읽는 내내 웃음이 그치지 않는 재미있는 책이다. 저자의 말이 그 자체로 웃기진 않는다. 이 책을 쓴 니시카와 오사무는 1940년생, 그러니까 올해로 78살 할아버지다. 그런데 이 할아버지의 천진난만함이랄까? 책을 읽는 동안 자꾸 이 양반의 장난꾸러기 같은 모습이 떠올라서 도대체 웃음을 멈출 수가 없었다.

　저자의 본래 직업은 사진작가지만 자신의 목숨과도 같은 카메라를 술로 바꿔먹은 적이 있을 정도의 애주가다. 〈행복한 세계 술맛 기행〉은 이런 저자가 술과 안주를 찾아 전세계를 떠돈 여정을 담고 있는 책이다. 그렇다면 '기행서'라고 해야 하는데, 이게 '紀行書'인지 '奇行書'인지 당최 책의 정체가 헷갈리긴 한다. 여행을 '기록'한 것이 맞긴 하지만, 그의 발자취는 사뭇 '기이'해 보이기 때문이다.

　그는 전세계를 여행하면서 그 나라 사람들이 즐기는 고유의 술과 어울리는 안주를 소개한다. 그렇다고 입에 넣는 것만 소개하는 것은 아니다. 각 나라의 문화적 정수가 담겨 있는 술과 음식을 찾아 그 이야기를 들려준다. 그리고 무엇보다 빼놓을 수 없는 것은 역시 사람살이다. 지상 곳곳 무수한 삶의 애환과 소소한 기쁨들을 저자의 귀를 통해 우리도 함께 듣는다.

"스콜, 슬론차, 치어스, 살루테, 무바라크, 프로스트, 니뉴오, 야므센, 건배, 챠이요, 간페이, 감빠이, 비바비바, 마부헤이, 상태, 요우, 사우테 살루으, 트루야가, 나 즈다로비에…" 이 말은 모두 세계 각국에서 건배를 할 때 구호처럼 외치는 용어라고 하는데, 나는 퇴근길에 그가 전해주는 이야기들을 한 편씩 읽으며 진정으로 행복했다. 지하철에서 내려 집으로 걸어가는 동안에 나는, 지구촌 모든 서민들과 함께 어울려 정겨운 술자리를 가졌던 듯 유쾌한 기분이 들었다. 잔향이 길게 남는 좋은 발효주처럼, 〈행복한 세계 술맛 기행〉은 기분 좋은 잔상이 길게 남는 책이다.

이 귀여운 술꾼의 버킷리스트 중 하나는 서부극에 나오는 총잡이처럼 바텐더가 잔을 채워 가볍게 미끄러뜨린 글라스를 재빨리 왼손으로 낚아채서 입 안에 털어넣는 것. 마침 텍사스의 작은 마을에서 총잡이들이 자주 드나들 것 같은 그런 바를 발견한다. "쉬익, 착, 꿀꺽. 바텐더도 기분이 좋아 보였다. 다른 사람을 기쁘게 해준다는 것은 정말 기분 좋은 일이다. 아, 기분 좋다. 정말 유쾌하다. 여섯 잔째를 비운 순간, 나는 보디에 강력한 일격을 맞은 것처럼 남자들의 팔꿈치에 의해 깨끗하게 닦여 있는 카운터에 그대로 엎어지고 말았다." (책_272쪽) 술을 잘 못 하는 사람도 술꾼의 흥취를 느끼게 하는 명장면이다.

요리사인 나로선 공부도 많이 되었다. 스코틀랜드의 스카치, 영국의 맥주, 스페인의 셰리, 이탈리아의 그라파를 글로 맛보며 유럽을 조금 더 알게 되었다. 또한 은어 알로 만든 젓갈인 일본의 우르카, 인도네시아 뚜악, 말 젖으로 만드는 몽골의 마유주, 중국의 소흥주까지 알게 되었다. 이 술과 안주들을 책으로 맛보면서 나는 아시아를 좀더 깊이 이해할 수 있었다.

나는 이 책의 마지막 페이지를 덮으며 과연 '좋은 인생이란 어떤 것일까' 생각했다. 이삼십 대 젊은 시절엔 '최선'과 '노력'이라는 단어를 가장 많이 떠올리며 달렸다. 하지만 지금은 조금 달라졌다. 그보다는 균형과 조화가 이루어지는 삶이 가장 좋은 인생이 아닐까 생각한다.

술은 우리가 최선을 다해 노력하며 마시는 것을 원하지 않는다. 더도 덜도 아닌 조화로운 향과 맛의 술을, 더도 덜도 아닌 만큼만 마셔야 술의 진가와 미덕을 알 수 있지 않던가. 그러니 '다 먹고살자고 하는 짓'이라는 말은 하지 말자. 인간이 먹고사는 일, 바로 그 속에는 뭔가 중요한 것이 있다. 오로지 취하는 것만이 술의 유일한 가치가 아니듯 말이다. 먹고사는 일 안에서의 조화와 균형이야말로 인생의 가치를 만든다고 나는 믿는다.

〈맛, 그 지적 유혹〉(정소영 지음, 니케북스, 2018)

가을은 이상하다. 하나를 주면 하나는 앗는다. 추수는 풍성하지만, 빈 논은 황량하다. 푸르러진 하늘은 높지만, 갈변한 낙엽은 낮은 땅을 뒹군다. 가진 것 같아도 공허하고, 아름답지만 쓸쓸하다. 이럴 때는 오직 뜨거운 한 잔의 차와 그리고 한 권의 책, 그것뿐이다. 가장 온전한 혼자가 필요한 것이다.

가을은 시간을 활시위처럼 당겼다가 놓는 계절이다. 꽝꽝 얼어붙은 과녁을 향해 날아가는 시간. 그래서 가을에는 책을 읽어야 할 이유가 있다. 책을 읽는다는 것은 시공을 접는 일이기도 하

맛

니까 말이다. 까마득한 과거로 가거나 머나먼 미래로 갈 수도 있고, 깊디깊은 바닷속도, 몇 천억 광년의 우주도 갈 수 있다. 독서는 그런 것이다.

특히 가을의 독서는 '음미'해야 한다. 만약 음식을 먹으며 행복해지고 싶다면, 혀의 감각에만 집중하지는 말아야 한다. 향과 모양은 물론이고 음식의 온도와 소리, 혀에 닿는 미감까지 오감을 모두 사용해야 한다.

책을 읽는 것도 비슷한 면이 있다. 독서를 통해 행복해지고 싶다면, 오감을 사용해 음미해 보기를 권한다. 손끝에서 전해지는 모조지의 질감, 책장을 넘기는 소리, 제본된 후 시간이 경과함에 따라 코끝에서 모두 다르게 풍기는 책의 향기까지….

e북은 곧바로 읽을 수 있고, 값도 싸고, 불편함도 없지만, 언제나 나는 기꺼이 종이책에 내 감각의 비용을 지불한다. 내가 요리사이므로 이는 어쩔 수가 없다. e북은 마치 식사 대용의 시리얼처럼 느껴지기 때문이다. 누구도 시리얼을 요리라고 하지는 않는다. 그리하여 아름답지만 쓸쓸한 이 가을의 문턱에서 내가 손에 든 책은 바로 〈맛, 그 지적 유혹〉이다. 이 책에서 음식은 점이다. 그런데 그 점이 위치만을 표시하는 그런 점이 아니다. 뭘까? 마치 블랙홀 같다고나 할까?

음식이라는 하나의 점으로부터 시작해 사회, 문화, 예술, 정치, 인간, 역사로 종횡무진 촉수를 뻗친다. 그래서 나는 이 책에서의 음식을 '극도의 점'이라고 부르고 싶어졌다. '극도'라고 표현한 것은 더할 나위가 없었기 때문이다. 이런 대목이 나온다.

"헨리가 오렌지 껍질을 갈고 마늘을 까고 홍합을 손질하는 행위 하나하나에 집중하는 것은 마치 손끝이 향하는 방향까지 포함해 몸동작 하나하나에 집중하는 요가를 연상시킨다. 현재 자신의 몸이 하고 있는 일에 대해 절대적으로 각성하고 있는 것이다. 명상이나 요가처럼 요리는 헨리에게 정신적인 공간을 마련해 준다. 그에게는 요리를 하는 공간이 혼돈의 세계 속에서 작은 오아시스가 된다. 요리는 치유의 행위다." (책_107쪽)

이 책의 저자 정소영은 불세출의 작가 이언 매큐언의 걸작 〈토요일〉을 읽고 거기서 추출한 자신의 생각을 이렇게 적고 있다. 소설 작품 속에 등장하는 음식이라는 단 하나의 모티브를 통해 주인공의 내면적 상황은 물론이고 그들의 본능과 작품의 메시지나 작가의 무의식까지 해석한다.

이것을 무엇이라고 말할 수 있을까? 실로 어마어마하다. 책을 읽다 보면 한 점으로부터 뽑혀 나온 국수 가락이 순식간에 지구

전체를 둘러싸 전부 먹을 것으로 만드는 상상이 펼쳐질 정도다. 이밖에도 페이지를 넘길 때마다 흥미로운 문학 속 음식 이야기들이 속속 튀어나온다.

지난해 내가 레스토랑 벤치마킹 업무 때문에 들렀던 뉴욕의 PDT(Please Don't Tell) 바에 대한 이야기도 이 책에 등장한다. 직접 가서 들여다본 곳이라 공감도 더 컸다.

뉴욕의 PDT 바에 들어가려면 핫도그 가게 옆의 좁은 공중전화 부스에서 전화를 걸어야만 한다. 그래야 문을 열어준다. 희한한 콘셉트이지만 그럴 만한 내력이 있다. 1920년대 미국에서 금주법이 시행됐을 때 주류를 밀매하던 '스피크이지(speakeasy)'라는 술집들이 있었다. 주류를 밀매하던 곳이니, 술을 마시고 싶으면 문을 두드리고 암호를 대야만 들어갈 수 있었다. PDT는 당시 스피크이지의 비밀스러운 입장 방법을 마케팅에 활용한 것이다.

어떤가. 완전히 빠져들 만큼 재미있지 않나? 나는 〈맛, 그 지적 유혹〉을 읽으며 공허하고 쓸쓸한 가을의 기분을 단번에 날려버릴 수 있었다. 역시 가을은 타는 것이 아니라 읽는 것이다. 가을 독서에 더없이 어울리는 책이다.

24

밥상머리에서 듣는
옛날 이야기

〈음식으로 읽는 한국 생활사〉(윤덕노 지음, 깊은나무, 2014)

"일단 읽어!" 친구는 짧게 말했다. 그가 던져주고 간 책더미를 살펴보았다. 세상에 음식과 관련된 책들이 그렇게 다양하고 많은 것에 나는 일단 놀랐다. 그중 아무 책이나 들고 읽기 시작하자 너무나 재미있어서 또 놀랐다. 한동안 그가 추천하는 책들을 읽었다.

30년 가까이 요리사라는 직업으로 살았고, 나름 연구도 열심히 해온 나였지만, 책을 통해 본 세상의 요리와 문화는 그야말로 완전한 신세계였다. 나는 책에 아주 푹 빠져들었다. 출퇴근길 지하철에서 읽었고, 식사 중에도 읽었다. 완전히 녹초가 되어 밤늦게 귀가한 날에도 책읽기를 멈출 수 없었다. 그 다음 페이지, 또 그 다음 페이지가 못 견디게 궁금했고, 책을 베고 덮고 잠들었다. 그렇게 일 년 가까이 독서 삼매경에 빠져 있을 무렵 친구는 나에게 이제 책을 읽은 감상을 글로 써야 한다고 했다. 신문에 연재할 수 있도록 주선해 놓았으니 안 쓰면 안 된다고 '협박'했다.

내가 글을 쓰다니, 그것도 신문 지면에 써야 한다니, 미칠 만큼 겁이 나기도 했지만 곧 친구의 협박에 나는 굴복하기로 결정했다. 무엇보다도 내가 책을 통해 맛본 이 기막힌 재미와 유익함을 사람들과 나누고 싶었던 마음이 컸다. 나중에 그 친구는 웃으며 이렇게 말했다. '나는 출판기획자야. 사람들에게 일생일대의 결

심을 하도록 만드는 전문가지.'

　매달 딱 한 편씩의 서평을 발표한 지 이제 17개월이 되었다. 매번 글을 쓸 때마다 참으로 힘들고 어렵다. 어쩌면 글을 쓴다는 것은 세상에서 가장 고통스러운 일이 아닐까 하는 생각을 한 적도 있다. 하지만 나는 책을 읽고, 읽은 것을 생각하고, 그 생각을 문장으로 표현하는 일을 멈출 수가 없다. 고통이 주는 희열이라니! 고통 자체를 즐기고 있으니 이건 중독이 분명하다.

　독서중독이 고질병인 것은, 언제 어디서든 펼치고 읽기만 하면 되는 간편함에도 있다. 표를 사고 시간을 맞춰야 하는 영화에 비해 훨씬 즉각적이다. 나는 얼마 전 오랫동안 피웠던 담배를 끊었다. 담배는 건강에 해롭지만, 독서는 그런 것도 전혀 없다. 혹시 침대에 누워서 읽다가 무거운 책을 얼굴에 떨어뜨릴 수는 있다. 하지만 책에 맞아 죽는 사람의 수는 담배를 피우다 폐암으로 죽는 사람보다 월등하게 적다. 당최 끊어야 할 이유를 제공하지 않는 완벽한 중독.

　〈음식으로 읽는 한국 생활사〉는 나를 이런 치명적인 중독에 빠뜨린 그 친구가 선물해 준 책이다. 저널리스트 출신의 음식문화평론가 윤덕로가 쓴 이 책은 우리가 지금 일상적으로 먹고 있는 음식들의 유래와 거기에 얽힌 역사 속 이야기를 들려준다. 마치 할아버지가 밥상머리에서 손주들에게 들려주는 구수한 옛날 이야기 같다.

"가자미가 많은 땅이라는 뜻의 '접역' 역시 조상들이 자랑스럽게 여긴 별명이다. … 옛날 사람들은 가자미가 한쪽 방향밖에 볼 수 없어 혼자서는 절대 헤엄을 칠 수 없다고 생각했다. 반드시 짝을 이뤄야 앞으로 나아갈 수 있다고 믿었으니 눈을 합쳐야 한다는 뜻에서 가자미 종류의 생선을 비목어(比目魚)라고 불렀다. 그러고는 화합과 협동, 신뢰와 믿음의 상징으로 삼았으며 죽을 때까지 운명을 함께하는 부부의 지극한 사랑에 비유했다." (책_70쪽)

나는 이 대목을 읽으면서 이런 역사성을 담아 나만의 가자미 요리로 직접 구현해 보고 싶었다. 그래서 내가 일하는 레스토랑에 찾아오는 정치인들에게 선사하면 좋겠다는 생각을 했다. '가자미는 화합과 협동, 신뢰와 믿음의 오랜 상징이랍니다. 이것을 드시고 좋은 정치해 주십시오'라고 말하면서 말이다.

〈음식으로 읽는 한국 생활사〉를 통해 한국인이 즐겨 먹는 100가지 음식에 얽힌 재미난 이야기들을 읽다 보면 지금 우리가 먹고 있는 음식의 유래도 알게 되고, 자연스럽게 조상들의 지혜와 삶의 방식도 이해할 수 있다. 조선시대의 요리법과 그것을 기록으로 남긴 선비들의 이야기를 담은 책 〈요리하는 조선 남자〉도 있다. 서로 비슷하지만 다른 내용의 책이니 함께 읽어보시길 권한다.

온고지신, 과거의 전통과 역사가 바탕이 된 후에 새로운 지식을 습득해야 제대로 된 앎이라는 말이다. '촛불혁명'에 이어 날마다 새로운 역사를 쓰고 있는 2017년의 대한민국이다. 먼 훗날 이 땅을 살아갈 후손들에게 지금 우리의 요리와 식문화는 과연 교훈이 될 수 있을까? 부디 '미식(美食)은커녕 포식(捕食)의 시대였다'고 기억되지는 않기를 바란다. 지금 우리가 만들어내고 있는 이 시대적 역동성과 새로운 희망은 우리가 먹고 있는 음식에도 나이테처럼 고스란히 새겨질 것이라 믿는다.

25

독서는 시간을 종이학처럼 접는 것

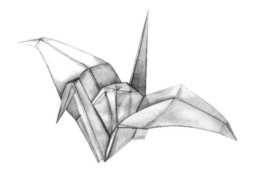

〈요리하는 조선 남자〉(이한 지음, 청아, 2015)

눈을 뜨니 조용하다. 아내와 아이들이 모두 외출을 한 모양이다. 혼자 눈뜬 일요일 아침. 내가 요즘 무슨 착한 일로 덕을 쌓았나 싶다. 이 꿀 같은 시간, 무엇을 할까? 가슴이 뛴다. 머리를 떼굴떼굴 굴려보지만 딱히 할일이 떠오르지 않는다. 일단 TV를 켜기로 한다. 화면에선 요리하는 장면이 나온다. 채널을 이리저리 돌린다. 그런데 여기서도 먹고, 저기서도 먹는다. 일주일 내내 주방에서 일한 나에게 저게 재미있을 턱이 있겠는가? 영화 채널로 돌린다. 아뿔싸! 〈식객〉이다. 케이블TV의 이 많은 채널에서 가히 절반은 먹방 아니면 쿡방이지 싶다. 정말 많기도 하다. 피할 수 없으면 즐기라 했다. 신나는 칼질로 요리를 만들고 먹는 화면 위에 아무렇게나 시선을 던져둔다. 아무도 없는 집이 금방 심심해졌다. 문득 1991년이 떠오른다. 내가 처음 칼을 잡았던 해다.

나는 왜 그때 요리사가 되려고 했지? 이 질문을 떠올리자마자 피식 웃음부터 터진다. 그 이유가 어처구니없어서다. 24세의 나는 두 가지 이유에서 요리사가 되고 싶었다. 첫째는 '요리사가 되면 매일 맛있는 음식을 실컷 먹을 수 있지 않을까' 하는 기대감이었고, 두 번째는 성공의 꿈이었다. 요리를 배워 식당을 창업하면 돈을 왕창 벌어서 폼나게 살 수 있을 것 같았다. 꿈은 뭔가 알기 때문에 꿀 수 있는 것이 아니다. 오히려 세상 물정을 모르면 꿈꾸기가 쉽다. 요리사의 길로 들어선 이후 내가 과연 어떤 삶을 살게 될지 미리 알았더라면 24세의 나는 감히 요리사란 직업을 엄두도 내지 못했을 것이다. 사람이 살기 위해선 용기와 앎, 이 두 가지가 모두 필요하겠지만, 그 용도는 다르다. 용기는 꿈을 꾸는 데 필요한 것이고, 앎은 그 꿈을 이루는 데 필요하다.

요리를 배우기 시작하고, 한 해 한 해 시간이 흐르면서 나는 내가 처음 기대했던 것들이 얼마나 황당한 것이었는지 점차 깨달아갔다. 맛있는 요리를 매일 먹을 수 있을 거란 기대부터 와장창 깨졌다. 요리사란 손님의 끼니를 위한 일이 아닌가. 끼니때마다 정신없이 바빠지는 직업의 특성상 내 끼니는 거르기 일쑤였다. 물론 손님들과 시간을 달리해 미리 먹고 일을 할 수는 있다. 하지만 배가 부른 상태에선 내가 만드는 요리의 맛과 향을 예민하게 감지할 수가 없다. 이래저래 요리란 맛있는 요리를 매일 배부르게 먹는 직업은 아닌 것이다. 내 첫 번째 기대는 그렇게 깨졌다.

두 번째 기대도 여지없이 깨졌다. 일을 하면 할수록 모르는 것이 많아졌다. 처음 호텔로 들어갈 때 원래의 계획은 '딱 3년'이었다. 주방에서 3년 정도만 배우고 나면 웬만한 요리 소스들을 만들 수 있을 것이며, 그러면 웃으며 호텔을 나와 창업을 할 계획이었다. 주방장님과 선배들이 만드는 것을 보고 집에 돌아와 노트에 일일이 적어가며 나름 열심을 다했다. 여기저기 기웃거리며 선배들에게 잘 보이려고도 애썼다. 선배들의 요리대회 출전일이 잡히면 쉬는 날에도 나와서 하루 종일 허드렛일을 도왔다. 희귀한 책 한 권을 얻기 위해 먼 길도 마다하지 않았다. 지금 생각해 봐도 기특한 시절이었다.

하지만 문제는 그렇게 요리에 대해 알면 알수록, 모르는 것이 훨씬 많아졌다는 것이다. 나는 이 과정을 통해 '뭔가를 안다는 것은 얼마나 모르고 있는지를 스스로 깨닫는 것'이 아닐까 하는 생각이 들었다. 만약 후배들이 나에게 "요리사가 뭐 때문에 그렇게 책을 읽느냐"고 묻는다면 이렇게 대답해줄 것이다. "내가 뭘 모르는지 알기 위해서"라고.

요즘 내가 궁금한 것은 옛날 사람들의 요리문화다. 그래서 찾아본 책이 바로 〈요리하는 조선 남자〉다. 이 책은 고려시대부터, 조선시대, 근대에 이르기까지 우리 조상들의 식생활을 포함해 우리가 지금 먹고 있는 여러 가지 음식의 역사에 대해 설명하고 있다. 인문학서로 분류할 수 있는 책이지만 전혀 어렵지 않고 마치 옛날 이야기처럼 흥미롭다.

고려 말의 맛 사냥꾼 이색, '냉면 세 그릇에 만두 백 개'라고 놀림 받았던 조선시대의 먹보 실학자 박제가, 팔도의 맛 지도를 작성한 허균…. 마치 어릴 적 할머니 다리를 베고 누워 듣던 옛날 이야기 같다고 할까? 게다가 냉면과 떡국, 만두의 유래를 알고 나니 이 흔해빠진 음식들이 아주 각별하고 새롭게 느껴진다. 나는 호텔에서 새로운 메뉴를 개발하는 업무를 맡고 있다. 당장 내 업무를 진행하는 데 이 책을 통해 알게 된 한국 요리의 연원과 역사가 큰 도움이 될 것이다. 응용하거나 재현해 볼 만한 것들이 많다.

망상에 가까웠던 내 허술한 꿈 탓에, 나는 인생의 계획을 계속 수정해야만 했다. 처음 내가 배움의 시간으로 설정했던 3년은 5년이 되었고, 5년은 10년이, 10년은 20년이 되었다. 그렇게 해서 25년이 지난 지금 나는 여전히 같은 그 주방에 서 있다. 달라진 것이 있다면, 24살 때보다 더 열심히 책을 읽는 것 정도? 겉은 달라지지 않았지만, 독서는 나의 내면을 전혀 다르게 만들었다. 20대의 나에게 요리는 기술이었지만, 지금의 나에게 요리란 인문학에 가깝다.

24세의 내가 바라고 원했던 것 중에 지금 이루어진 것은 하나도 없다. 하지만 나는 이 세월이 전혀 서글프지 않다. 아마도 그때와 똑같은 꿈을 꾸고 있기 때문이 아닐까 싶다. '웃으며 호텔 문을 나서는' 바로 그 꿈 말이다. 물론 문을 나서는 것이야 하나도 어려운 일이 아니겠지만, '웃으며' 요것이 그토록 어렵다. 책을 읽는다는 것은 시간을 종이학처럼 접는 일이란 생각이 든다. 늘일 수는 없어도 의미를 가지게 만들 수는 있다. 맛있는 요리처럼 말이다.

| **'먹이'가 아닌 '음식'으로 깨닫는 세상 이야기**

〈먹는 인간〉(헨미 요 지음, 박성민 옮김, 메멘토, 2017)

〈먹는 인간〉. 나는 이 책을 제목만 보고 골랐다. 인터넷 서점에서 주문하고 책이 도착했을 때 나는 새 책이 선사하는 설렘에 콧노래까지 흥얼거렸다. 빠르게 저자 소개와 목차를 읽는다. 저자가 정말 대단한 사람이다. 일본의 저널리스트이자 시인이자 소설가이자 에세이스트인데, 우리로 치면 '이상문학상'이라고 할 수 있는 일본 최고 권위의 소설문학상인 아쿠타가와상을 비롯해 여러 장르의 문학상을 받았다.

〈먹는 인간〉도 1994년 고단샤 논픽션상을 받은 작품이다. 어랏! 그렇다면 이 책은 1990년대 초반에 발표된 책이 아닌가! 신작이 아니어서 살짝 실망감이 생겼다. 더군다나 이 책은 취재기행인데, 20년도 더 된 세상 이야기가 지금 나에게 필요할까 싶었다. 하지만 뜻하지 않은 충격! 책을 펼쳐 시작하는 글인 '여행을 떠나기 전에'를 읽어 내려가는 동안 나는 살짝 어지러웠다. 공감 이상의 뭔가가 느껴졌고, 급속히 감동했다. 마치 깊은 물속으로 빠르게 끌려들어가는 느낌이랄까? 기이한 힘을 가진 책이다.

〈먹는 인간〉의 저자 헨미 요는 일본 교도통신의 기자였다. 그는 일을 하면 할수록 점점 세상을 바라보는 눈과 오감이 무뎌져 가는 것을 느낀다. 급기야 그는 세상의 슬픈 소식조차도 하나의 데이터로만 취급하고 있는 자신을 보며 염증을 느낀다. 세상에서 유능해질수록 감정도 없는 오만한 인간으로 변해간 병든 자신을 발견한 것이다. 더 이상 이렇게 살 수 없다고 생각한다. 그는 자신을 치료하기로 마음먹는다. 그런데 스스로 처방한 그 치료법이 기발하면서 의미심장하다. 인간으로서 생존하기 위한 가장 원초적 행위이자 동시에 의식(儀式)이기도 한 '먹음'을 취재하기로 마음먹은 것이다. 스스로 다시 '인간'이 되기 위해서는 먼저 인간을 알아야겠다고 생각한 것이다.

'세상 모든 인간은 먹으며 각자의 삶을 살아오고 있으니 그들이 먹어왔던 음식을 똑같이 먹고 마신다면 그들이 간직한 추억과 고통을 좀더 잘 이해하고 무감각해져 버린 자신의 병도 고칠 수 있지 않을까?' 이렇게 생각한 것이다. 그는 곧 방랑과도 같은 취재여행을 떠난다. 세계를 떠돌며 딱 1주일 동안 취재하고 글을 쓴 뒤 곧바로 다음 지역으로 이동하는 방식이다. 그렇게 2년여를 다닌다. 원칙은 하나다. '그곳의 사람들과 같은 것을 먹는 것'. 그는 수많은 음식들을 사람들과 함께 나눈다.

사람이 먹는 것을 '음식', 동물들이 먹는 것은 '먹이'라고 부른다. 하지만 저자는 "사람도 가끔은 짐승과 똑같이 '먹이'를 먹는다."고 말한다. 이 책의 결정적 문장 중 하나다. 저자가 달려간 전쟁과 기아, 재해, 빈곤의 그 참혹한 현장에서 인간이 섭취하고 있던 것은 이미 '음식'이 아니었다. 방글라데시 다카의 빈민들과 소말리아의 난민, 우크라이나 체르노빌 원자력 발전소 인근지역, 블라디보스토크 함대 사령부에서 굶어죽은 사병들, 꽃다운 소녀 시절 일본군 위안부로 끌려갔던 위안부 할머니들의 그 참혹한 '먹음의 기억', 모두 음식이라기보단 먹이였다.

하지만 저자는 그럼에도 불구하고 음식만큼 고통스러운 시간을 잊게 해주고 영혼의 위로가 되는 것은 없다고 말한다. 이 책에서 저자가 눈물을 흘리는 장면이 나온다. 이 대목에선 독자도

울지 않을 재간이 없다. 저자는 1994년 한국에 왔다. 당시 일본 대사관 앞에서 자살 시도를 한 위안부 할머니들(김복선, 이용수, 문옥주)이 또다시 자결하는 일을 막기 위해 10여 일 동안 따라다닌다. 그러다 죽겠다는 의지를 꺾지 않았던 할머니들이 밥을 드시는 광경을 목도한다. 저자는 그 모습을 지켜보며, '50년 전 퍼석퍼석한 밥과 된장국, 단무지를 허겁지겁 먹고 나면 끝도 없이 시작되던 그 일이 끼니를 먹는 동안에는 잠시나마 잊힐 수 있었기 때문이었을 것'이라고 생각한다. "그래도 드십시오. 언제까지고 밥을 드십시오." 저자는 이렇게 말하며 끝내 눈물을 흘린다.

〈먹는 인간〉을 읽고 나면 굉장한 허기를 느낄지도 모른다. 세계적인 베스트셀러 〈해리포터〉를 읽는 동안 아이들은 왜 책이 더 두껍지 않은지 불만이었다고 한다. 내게는 이 책이 딱 그런 심정이다. 〈먹는 인간〉을 읽는 동안 이 책이 20권짜리 시리즈가 아닌 것을 견디기 힘들었다. 페이지를 넘기는 것조차 아쉬운 심정이었다. 헨미 요는 자신의 여정에 대해 다음과 같이 고백하고 있다.

"이상하게 보여도 이상한 음식은 이 세상에 단 하나도 없다. 가는 곳마다 먹는 인간이 있고, 지금 그 음식을 먹는 데는 넘치도록 충분한 이유가 있으며, 먹는 것과 먹지 못하는 것을 둘러싸고 알려지지 않은 드라마가 펼쳐진다. 오로지 그 인간극의 핵심에 조금이라도 다가가기 위해 나는 각지를 돌아다니며 지나치다 싶을 만큼 유별나게 먹고 마시기를 되풀이했다."(책_346쪽)

역시 좋은 책은 또 다른 책을 읽고 싶도록 만든다. 나와 같은 심정이라면 이 책들을 한번 읽어보시길. 〈날것의 인생 매혹의 요리사〉, 〈공자의 식탁〉, 〈발자크의 식탁〉. 모두 〈먹는 인간〉을 읽는 동안 내가 떠올린 책들이다. 모두 먹고 살아가는 일상을, 그리고 시공간을 초월하여 그들의 숭고한 삶을 얘기하는 책들이다. 요즘도 TV를 켜면 요리 관련 프로그램이 차고 넘친다. 탐식을 강요하는 연예인 먹방, 미식은커녕 포식을 강요하는 미디어 매체들. '푸드 포르노'라는 기막힌 작명을 십분 이해한다. 사람들에게 부디 TV보단 책으로 먼저 음식을 드셔보시길 권하고 싶다. 현혹하지 않고, 삶을 깊게 만드는 음식은 아직은 책의 식탁 위에 더욱 풍성하니 말이다.

수백 명이 넘는 인원이 한꺼번에 식사를 하는 연회 행사에서 모든 준비 과정들은 한마디로 시간과의 전쟁이다. 총괄 셰프의 지휘 아래 스테이션 별 라인 셰프들과 서비스하는 이들 모두가 일사분란하게 움직여야만 한다. 긴장된 시간의 연속이다. 준비한 모든 음식이 다 나가고 난 후 주방은 다시 거짓말처럼 평온해진다.

맛

오늘 분의 전쟁을 치르고 난 후 나는 주방에 잠시 더 머물며 생각했다. '내가 방금까지 만들던 요리들은 무엇이었을까?' 질문이 이어졌다. '나는 혹시 탐식과 포식의 요리만 만든 것은 아닐까? 사람들의 눈과 혀의 감각만을 자극하기 위해 혈안이 되었던 것은 아닐까? 나는 내가 만든 음식에 대체 어떤 마음을 넣었던 것일까?' 두서없는 생각들이 꼬리를 문다.

'〈먹는 인간〉의 헨미 요처럼 나 역시 전문가를 자처하며 어느 순간부터 마음도 철학도 담기지 않은 무의미한 먹잇감이나 줄곧 만들어댔던 것은 아닐까?' 생각이 여기까지 미치자 나는 슬펐다. 슬프다 보니 배가 고팠다. 너무 바빴던 하루, 아침부터 굶었다. 나는 나조차 존중할 줄 모른다는 생각이 들었다. 존중을 모르는 마음으로 만든 음식이 사람을 위로할 수는 없을 것이다. 일단 먹자. 살아야 한다. 살면서 만들자. 마음을 담은 음식, 의미와 철학을 담은 요리. 열심히 살다 보면 언젠가는 그런 빛나는 음식들이 내 손을 허락할지도 모르지. 앞치마를 접고 먹으러 나간다.

27

문학을 사랑한 푸주한의 책과 음식 이야기

〈문학을 홀린 음식들〉
(카라 니콜레티 글, 매리언 볼로네시 그림, 정은지 옮김, 뮤진트리, 2017)

먹는다는 것과 읽는다는 것. 가만히 생각해 보면 서로 이만큼 닮기도 어렵다.

음식을 만드는 직업을 가진 내가 틈틈이 주방의 한편에서 읽은 책에 관한 이야기를 글로 쓴 지 꼬박 2년이 되었다. 한 달에 한 편씩 쓴 칼럼이 벌써 24번째다. 이만하면 조금은 익숙해질 만도 한데, 나는 여전히 내가 쓴 글을 읽었다는 분들을 만나기라도 하면 쥐구멍부터 찾고 싶은 심정이다. 그런데 참 묘한 것은 바로 이 부끄러움이다. 나로 하여금 더 많은 책을 읽게 만들고, 더 열심히 글을 쓰고 싶도록 만든다.

부끄러움은 허기와 비슷하다. 나에게 뭔가 분명한 행동을 하도록 만든다. 배가 고프면 먹을 것을 찾듯이, 나는 부끄러움 때문에 계속 책을 읽는다. 한 끼를 해결했다고 영원히 밥을 안 먹어도 되는 것이 아닌 것처럼, 결코 종지부를 찍을 수 없는 행위로서 나는 책을 읽고 또 읽는다.

포만감만을 위해 먹거나 읽는 것이 아니다. 물론 그 두 가지 행위를 하면 반드시 찾아오는 인과적 감각이지만, 인간에겐 포만감이 목적의 전부는 아니다. 불과 몇 시간 지나지 않아 다음 끼니때의 허기가 자명한 것처럼, 읽는다는 것도 똑같다. 읽으면 읽을수록 지적 갈급함이랄까, 또 다른 책을 읽어야 할 이유만 더 분명해진다. 둘 다 살아 있는 동안 끝낼 수 없는 행위다.

영원한 쳇바퀴에 갇혔다는 인식 속에서도 절망감이 느껴지지 않는다는 것은 먹음과 읽음이라는 두 행위의 공통점인 듯하다. 이 거대한 쳇바퀴는 오히려 안도감을 준다. 지금의 내 앞에 차려진 식탁의 한 끼를 통해 앞으로도 계속 끼니를 이으며 살아갈 수 있다고 확신하는 것처럼, 지금 내 손에 들려 있는 한 권의 책을 통해 나는 인생의 길을 계속 찾아갈 수 있겠다고 확신한다. 끊임없음이 막막함 대신 안도감을, 절망감보다는 행복감을 주는 것이다.

먹는다는 행위와 읽는다는 행위에, 쓴다는 행위를 더해본 지난 2년이었다. 친구의 꾐(?)에 넘어가 우연히 하게 된 일이지만, 이젠 이 행위가 너무나 좋다. 물론 쉽지 않은 일이었다. 지금도 쉽지 않다. 어쩌면 글을 쓴다는 것은 인간이 하는 일 중에서 가장 어려운 일이 아닌가 싶다. 세상에서 가장 맛있으면서 몸에도 완벽하게 좋은 음식을 만들고야 말겠다는 요리사의 꿈처럼 말이다.

먹어야만 크는 아이처럼 나는 읽고 쓰는 동안 성장할 수 있었다. 매번 어떤 책을 읽고 무슨 말을 해야 할지 고민한다. 하지만 내가 평생 가슴속에만 넣고 살아왔던 오만 가지 이야기들을 사람들에게 들려줄 수 있다는 사실이 나를 흥분시킨다. 때때로 전율을 느낄 만큼 즐겁다.

나는 가끔 주방에서 칼질에 몰두할 때 일체의 잡생각이 사라지는 경험을 하곤 한다. 그럴 때 주방은 내 신체의 모든 감각을 일깨워주는 곳이기도 하다. 허브와 양념의 향기, 리드미컬한 동료들의 칼질 소리, 지글거리며 팬 위의 고기에서 피어오르는 연기…. 이 감각들이 나를 온전하게 가득 채운다. 모든 감각이 한 덩어리로 뭉쳐지면 잠시 꿈인지 생시인지 구분하기 힘들어지기 때문에 나는 그 순간을 '홀림'이라고 표현한다. 바로 그 홀림의 순간을 경험할 때마다 나는 내가 살아 있음을 느낀다.

이것은 나만이 느끼는 가장 내밀한 감각이라고 여겼다. 그래서 그 누구에게도 말할 수 없었다. 지금까지는 그랬다. 이 책을 만나기 전까지 말이다. 〈문학을 홀린 음식들〉을 읽으며 나는, 나만의 가장 내밀한 감각까지도 표현할 수 있는 것이란 점을 배웠다.

"주방은 육체적인 장소다. 다지고, 땀 흘리고, 맛보고, 꼬챙이로 찌르고, 서로 부딪히는 그 모든 행위들은 자연스럽게 온갖 무의미하고 외설적인 잡담을 끌어낸다. 그렇지만 그 모든 고약한

농담과 허세 사이사이, 고요하고 사색적인 순간이 찾아올 때면 우리는 책에 관해 이야기했다." (책_182쪽)

〈문학을 홀린 음식들〉의 저자 카라 니콜레티는 보스턴의 푸주한(소, 돼지 따위를 잡아서 파는 것을 업으로 하는 사람) 집안에서 태어났고 뉴욕대학교에서 문학을 전공했다. 현재 브루클린에 살며 '브루클린 키친'에서 소시지 만들기를 가르치고, '미트 후크'에서 푸주한으로 일하고 있다. 책 읽기를 좋아했던 저자는 우연히 '문학 속 저녁식사' 모임을 시작한다. 〈문학을 홀린 음식들〉은, 그녀가 그때 사람들과 함께 읽었던 책 이야기와 책 속에 등장하는 음식들을 소개하는 내용의 책이다. 그녀가 책에 적어놓은 이야기들을 읽고 눈을 감으면, 그녀가 내 앞에서 열심히 수다를 떨며 맛있는 요리를 아름다운 식탁 위에 펼쳐놓는 것 같은 영상이 떠오른다.

그녀가 어릴 적 〈헨젤과 그레텔〉을 읽은 후 만들었던 '진저 브레드 케이크'부터 〈레미제라블〉에 나오는 '호밀 흑빵', 도나타트의 〈작은 친구〉 속 '페퍼민트 스틱 아이스크림'까지 50여 가지의 음식들이 온갖 책 이야기들과 함께 풍성하게 소개된다. 읽다 보면 마치 동화 속 레스토랑 주방에 들어가 있는 환상이 느껴진다. 그런데 아주 희한하다. 차려진 식탁은 완전히 환상처럼 느껴지는데, 그 식탁 위의 요리들 하나하나가 환상이 아니라 생생한 실체로 느껴진다. 그저 읽는 것뿐인데도 향과 맛이 고스란히 느껴질 정도다. 그러니 읽다가 눈을 감기만 해도 오감만족이다.

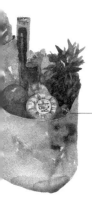

28 | 세계 식량 문제와 당신의 '노쇼'는 연결되어 있다

〈왜 음식물의 절반이 버려지는데 누군가는 굶어 죽는가〉
(슈테판 크로이츠베르거 & 발렌틴 투른 지음, 이미옥 옮김,
에코리브르, 2012)

요리사로서 20년 넘게 일하고 있는 나에게는 남모를 직업병이 하나 있다. 세상에 공식적으로는 없는 질병이라 내 맘대로 이름을 붙였다. '주방정돈병'이다. 말 그대로 주방이 완벽하게 정리 정돈되어 있지 않으면 머리가 띵하고 어지럽다. 그런데 이것은 주방에 한해서다. 나는 주방을 제외한 나머지 모든 공간에 대해서는 전혀 개의치 않는다. 내 증상은 좀 희한한 결벽증인 셈이다.

"남편이 요리사니 손에 물도 안 묻히고 살겠네?" 간혹 아내에게 이렇게 묻는 사람들도 있는 모양이다. 그럴 때마다 아내는 아마 복창이 터질 것이다. 아내는 결혼을 하고 20여 년 동안 줄곧 물에 손을 담그고 산다. 하루에 절반 가까이를 주방에서 일하는 내가 집에서까지 요리를 한다면, 나는 대체 언제 쉰단 말인가! 그래서 집에서는 요리를 하지 않는다.

하지만 뜬금없이 신명이 날 때도 있다. 한가로운 주말 아침, 늦잠을 자고 식구들을 위해 뭔가 만들어주고 싶은 마음이 문득 들기도 한다. 물론 아주 드문 일이다. 사실 내가 집에서 요리를 하지 않는 더 중요한 이유가 하나 있다. 냉장고는 전적으로 아내의 소유다. 내게는 그곳이 신성불가침의 영역이다.

나는 딱 한 번 아내의 냉장고를 범한 적이 있다. 철모르던 신혼 시절의 이야기다. 아내가 외출한 틈을 타 전격적으로 냉장고 정리를 감행했다. 호텔 주방에서 하는 것처럼, 유통기한이 촉박하거나 상태가 모호한 식재료들을 과감하게 버렸다. 그리고 가장 효율적이고 합리적인 식재료의 수납배치 시스템까지 새로 적용했다. 이윽고 완벽하게 정리된 냉장고와 부엌의 수납공간들을 보면서 나는 매우 흡족한 미소를 머금었다. 그리고 의기양양해하며 행복한 상상의 나래를 펼쳤다.

'냉장고를 열어보고는 깜짝 놀라겠지? 그리고 이렇게 자상하고 훌륭한 요리사 남편을 둔 것에 감동하게 될 거야. 어쩌면 기쁜 나머지 눈물을 흘릴지도 몰라. 아! 그러면 아무 말 없이 꼭 안아 줘야지', '오호 그렇지! 이렇게 훌륭한 남편이라면 선물이라도 사주고 싶을 거야. 그래! 그런데 뭘 사달라고 하지…'

아내가 들어오는 소리가 들렸고, 감동의 순간이 다가오고 있었다. 아! 그런데! 부엌에서 들려오는 아내의 목소리는 내 기대와 완전히 달랐다. '쨍그랑~' 실제로 그릇이 깨지는 소리는 아니었다. 그 소리는 나의 소박한 기대감이 박살나던 바로 그 찰나, 내 귀에 울려퍼진 환청이었다. 부엌에서 걸어 나오는 아내의 표정이 심상치 않았다. 아내는 잔뜩 화가 난 표정으로 말했다. 냉장고 안의 음식들을 갑자기 자신이 아는 배치와 전혀 다르게 해놓으면 어떻게 하냐고, 왜 시키지도 않은 일을 했냐는 것이었다.

아내에게 실컷 야단을 맞은 그날 이후 내가 확실하게 깨달은 것이 하나 있다. 내가 아무리 대한민국 최고 호텔의 주방에서 수십 명의 후배 셰프들에게 온갖 잔소리를 해댈 수 있다고 해도, 그건 고작 거기서나 가능한 일이다. 집에서는 어림없다. 우리집의 주방장은 내가 아니다. 바로 아내다. 나는 주부들이야말로 '세상에서 가장 위대한 아마추어 요리사'라고 생각한다. 그들은 '사랑과 생명'을 재료로 쓰는 요리사이기 때문이다. 그러므로 나 같은 프로페셔널 요리사들은 감히 그분들의 위대함에 대적할 수 없다. 주부들 앞에서 우리는 영원한 '주방보조'다.

마이홈 주방보조 20년차인 내가 아직도 아내로부터 종종 핀잔을 듣는 경우가 있다. 호텔 주방에서 풍족하게 재료를 쓰는 습관이 배어 있는 나는 집에서 장을 볼 때도 종종 지나치게 많은 양을 산다는 것이다. 이 버릇은 잘 고쳐지지가 않는다.

그러다 최근 마음을 단단히 고쳐먹게 된 계기가 있었다. 역시 독서가 사람을 변하게 만들었다. 독일의 저명한 언론인과 다큐멘터리 작가가 공저한 〈왜 음식물의 절반이 버려지는데 누군가는 굶어 죽는가〉라는 책을 읽었다. 이 책을 통해 나는 내가 그동안 별 생각 없이 버려왔던 음식물 쓰레기들에 대해 여러 가지 놀라운 사실들을 알게 됐다.

그중 가장 인상 깊었던 대목이 있다.

"그토록 많은 음식을 낭비한다는 사실에 분개하는가? 그렇다면 오늘날 우리가 음식을 다루는 형태에도 분개해야만 한다. 그러니까 파종하는 시기부터 슈퍼마켓 진열장에 올리는 시점까지! 전세계의 식량생산시스템이 얼마나 어이없을 정도로 낭비에 집중되어 있는지 알 수 있다. 전세계의 식량생산시스템은 극단적인 상업화와 더불어 모든 문제의 상징이 되고 있다.” (책_6쪽)

“유럽은 매년 300만 톤의 빵을 쓰레기통에 버린다. 이는 에스파냐 국민 전체가 먹을 수 있는 양이다.” (책_17쪽)

“충분한 식량을 생산함에도 불구하고 10억이나 되는 사람들이 굶주리고 있다는 것은 스캔들이다.” (책_191쪽)

유럽에서 버려지는 음식만으로 전세계의 굶주리는 사람 전체에게 매일 두 끼의 식사를 제공할 수 있으며, 우리가 생산한 식량의 절반이 식탁에 오르지도 못하고 쓰레기통으로 들어간다는 것이다. 솔직히 나는 충격을 받았다. 음식물이 버려지는 양이 좀 많다는 생각을 안 해본 것은 아니지만, 그렇게 많을 줄은 실감하지 못했다. 음식들이 버려지지 않고 골고루 배분되기만 해도, 온 세상의 굶어 죽는 아이들을 모두 구할 수 있다는 뜻이 아닌가. 갑자기 죄책감이 가슴 깊이 밀려들었다.

충격을 받은 나는 음식물 쓰레기를 줄일 수 있는 방법들을 고민해 봤다. 우선 집에서 충동구매를 자제하고, 먹을 양만큼만 소량씩 구입한다. 가정에서도 식재료의 순환을 원활하게 할 필요가 있다. 가족의 식사계획만 미리 세운다면 충분히 가능하다. 그리고 음식물이 버려지지 않도록 만드는 효과적인 사회시스템도 구상해 볼 수 있다. 음식점들이 예약제를 강화하는 것도 한 방법이다.

내가 근무하는 호텔 레스토랑에서도 가장 골치 아픈 문제 중하나가 바로 예약 손님의 '노쇼(no-show)'다. 아무런 취소 통고도 없이 약속을 지키지 않는 것인데, 그런 경우가 생각보다 많다. 그런데 이렇게 한번 생각해 보자. '당장 내가 음식점 예약 에티켓하나만 잘 지켜준다면 굶고 있는 아이 하나가 오늘을 살아서 넘길 수 있다. 전화 한 통이면 된다!' 그러고 보면, 지금보다 더 나은 세상으로 바꾸는 일은 생각보다 어려운 일이 아니다.

29

아름다운 몸매를 바라는 사람에게 권하는 '식사법'

〈마흔 식사법〉(모리 다쿠로 지음, 박재현 옮김, 반니라이프, 2016)

맛

유난히 바빴던 며칠 전 새벽. 주방 준비를 마치고 사무실로 들어오다가 계단에서 그만 다리가 풀려 스텝이 꼬였다. 계단에서 굴러떨어질 뻔했지만 가까스로 난간을 잡고 사고를 모면했다. 문득 이문구의 소설 제목 〈내 몸은 너무 오래 서 있거나 걸어왔다〉가 떠올랐던 것은 바로 그때부터다. 그날부터 '내 몸은…'으로 시작하는 저 문장을 무한반복 되뇌고 있다.

나는 요리사가 매우 윤리적인 직업이라고 생각하며 살아왔다. 사람의 입으로 들어가는 것을 다루는 사람들이니 말이다. 나를 무척 잘 알고 아껴주는 벗이 있다. 글을 쓰는 직업을 가진 친구다. 오랜만에 만나 이런저런 이야기를 나누다가 그가 이런 말을 했다.

"너는 요리사보다는 음식가가 아닌가 싶어."

내가 그런 직업도 있냐고 물었더니, 아직은 없다는 대답이 돌아왔다. 그가 말을 이어갔다.

"요리는 특별한 것이지만, 대신 음식은 위대하잖아. 요리는 맛을 추구하지만 음식은 삶을 추구하는 것이니까 말이야. 그런데 너는 늘 손님의 건강을 먼저 생각하더라고. 그러니 요리사보다는 음식가라는 말이 더 어울리지 않을까 싶어.”

나는 그 친구의 말에 충격을 받았다. 사실 나는 그때까지 그런 생각을 구체적으로 해본 적이 없었다. 나는 호텔의 메뉴 개발 분야를 맡고 있어서 늘 새로운 재료와 조리법을 연구해야 했다. 그 궁리와 골몰의 과정에서 입버릇 삼아 ‘이런저런 것이 몸에 더 좋지.’ 하는 말을 한 듯도 하다. 하지만 그것은 무슨 신념이나 철학 같은 차원은 전혀 아니었다. 그런데 친구는 이전까지 고작 나의 입버릇에 불과하던 말을 잡아채 나를 새로 규정해 주었다.

물론 나를 좋아해 주는 그 친구의 과찬일 뿐이다. 하지만 그런 규정은 나를 깨우쳤고, 이전과는 전혀 다른, 완전히 새로운 세계로 나를 이끌었다. 며칠 뒤 그 친구는 나를 위해 ‘파불루머’라는 단어를 만들어봤다고 연락해 왔다. 라틴어로 ‘음식’을 뜻하는 단어인 ‘pabulum’에 영어식으로 ‘사람’을 뜻하는 ‘-er’을 붙여 새로 만든 말이라고 설명했다. 그날 나는 내가 완전히 새로운 사람으로 다시 태어났다는 생각이 들었다.

책을 더 맹렬하게 읽어야겠다고 생각한 것도 바로 그날부터였다. 고작 하룻밤을 새웠다고 다리가 절로 풀리는 나이. 요리는 확실히 중노동이다. 손과 머리로만 버틸 수 있는 요리사의 나이는 따로 있다. 이제 신념과 가슴으로 요리해야 한다는 생각도 들었다. 그리고 뭔가 안다는 것은, 외우는 것이 아니라 이해하는 것이다. 매뉴얼이 아니라 책을 읽어야 하는 이유다. 세계를 다 외울 수는 없다. 하지만 이해할 수는 있다. 이해하면 불편한 실행이 아니라 즐거운 실천을 할 수 있다. 이해란 억지로 몸에 부착하는 형틀 같은 것이 아니다. 이해가 얼마나 중요한지를 확인할 수 있는 책을 찾았다. 〈마흔 식사법〉이라는 책이다.

〈마흔 식사법〉에는 40대가 되어서도 건강은 물론 아름다운 몸매를 유지하고픈 사람들에게 매일매일 손쉽게 실천할 수 있는 10가지 기적의 식사법을 설명한다. 그 항목은 다음과 같다.

① 식사의 절반은 단백질 위주의 식품으로 한다. ② 음식은 삼키지 말고 꼭꼭 씹어 먹는다. ③ 달걀은 마음껏 먹는다. ④ 가공식품의 거짓 건강에 속지 않는다. ⑤ 지방을 제한하면 다이어트를 망친다. ⑥ 밥은 한 끼 80g 정도만 먹는다. ⑦ 밀가루와 설탕은 최대한 멀리한다. ⑧ 콩, 씨앗류, 해조류, 생선, 버섯, 감자를 먹는다. ⑨ 공복을 즐긴다. ⑩ 발효식품을 잊지 않는다.

간단해 보이지만 이들 10가지 항목을 외울 수 있겠는가. 설사 외운다 한들 적재적소에 이 항목들을 적용시켜서 음식을 만들 수 있을까? 요리사 경력 30년이 다 되어가는 나로서도 엄두가 나지 않는 일이다. 하지만 이 책은 그저 흔한 체크리스트가 아니다. 모든 항목에 대해 우리가 쉽게 이해하고 납득할 수 있도록 원리를 아주 자세하고도 친절하게 설명해 놓았다.

가령 이런 식이다. 나이를 먹으면 필연적으로 소화흡수 능력이 떨어지기 때문에 20대와 같은 양의 단백질을 섭취해도 동일한 양의 근육이 생기지 않는다고 먼저 알려준다. 그러고는 생명 유지와 관련된 지방의 흡수력은 쇠퇴하지 않고 오히려 더 쉽게 축적된다는 점도 과학적으로 설명한다. 그래서 40대에는 20대 시절과 똑같이 먹어도 살이 찌고, 남녀를 가리지 않고 모두 몸매가 둥글둥글해지는 것이라고 말한다.

결론적으로 마흔이 넘어서 체중조절을 할 때 가장 염두에 두어야 할 것은 바로 제대로 된 '영양 섭취'라는 점을 일러준다. 이렇게 우리가 자연스럽게 자신의 몸과 건강에 대해 납득하도록 저자는 설명하고 있다. 이해가 되고 나면 우리는 응용할 수 있고, 생활에 쉽게 적용할 수 있다.

〈마흔 식사법〉은 실제로 내가 메뉴를 개발하는 업무에도 굉장히 큰 도움을 준 책이다. 건강은 운동기구와 다이어트 식품을 구

입하는 것부터가 아니라 내 몸에 대한 이해로부터 시작된다. 그
게 진정한 첫걸음이다. 그러니 부디 책부터 읽자.

| **치매를 보는 바르고 따뜻한 눈길**

〈주문을 틀리는 요리점〉
(오구니 시로 지음, 김윤희 옮김, 웅진지식하우스, 2018)

어머니가 계신 요양병원에서 전화가 오면 가슴부터 철렁거린다. 치료를 위한 보호자 동의가 필요한 경우가 종종 있기 때문에 전화는 자주 걸려오는 편이지만 좀처럼 익숙해지진 않는다. 스마트폰에 병원 전화번호가 뜰 때마다 철렁거리는 가슴을 어쩔 수가 없다. 며칠 전에도 병원 전화를 받았다. 치매를 앓고 계신 어머니는 더운 여름이면 한 번씩 몸살을 앓듯이 체내 염증 수치가 올라간다. 다행히 이번에도 어머니는 고비를 잘 넘기셨다.

불과 5년 전만 해도 어머니는 YMCA 치매환자 주간보호센터를 혼자 다니시며 그럭저럭 건강을 유지했다. 그러던 어느 날부터인가 어머니는 혼자 할 수 있는 일들이 급격히 줄어들었다. 보호센터의 차를 기다릴 수 없게 됐고, 혼자서는 식사도 안 하기 시작했다. 하루 종일 굶고 계시다가 자식들이 가서 차려드려야만 수저를 드셨다. 지워져 가는 기억 속에서 자식들의 얼굴만은 놓치고 싶지 않았기 때문일까? 가족들이 돌아가며 삼시 세 끼를 챙겨드려야 했다.

처음에는 어머니를 이해하지 못했다. 어머니께서 뭔가 자식들에게 화가 나서 심술을 부리시는 것이 아닌가 생각했고, 가족들을 힘들게 하시는 이유가 뭘까 고민하기도 했다. 하지만 고민해봐야 신통한 결론이 나올 것도 아니고 해서, 어느 날부터는 그냥 내 맘대로 어머니 심정을 결정했다. '우릴 절대로 잊지 않고 싶으신 것'이라고 말이다. 그렇게 생각하니 내 마음이 한결 편해졌다.

어머니의 치매 증상은 날로 심각해져 갔다. 밤새 텔레비전을 켜놓는 것은 기본이었고, 세수를 하고는 물을 잠그는 것을 잊어 밤새도록 수돗물이 흘렀다. 그게 수도였으니 망정이지 가스불이었다면 정말 큰일날 뻔했다. 그리고 얼마 후에는 대소변 실수까지. 그러자 어머니는 요양병원으로 가시겠다고 하셨다.

당신에게 정들고 익숙한 공간이었을 집을 떠나야겠다는 결심은, 어머니로서는 다시는 돌아오지 못할 강의 가장자리로 한 발짝 옮기겠다는 그런 의미가 아니었을까? 당시 나는 이런 어머니의 마음을 헤아리지 못했다. 그저 당면한 어려움에서 내가 조금 벗어날 수 있다는 안도감만 느꼈을 뿐이다. 지금 와서 생각해 보니 그게 어머니로서는 얼마나 어렵고 슬픈 결정이었을지 조금은 짐작이 된다. 머릿속 모든 것이 사라져가는 끔찍한 시간을 살면서도 어머니는 우리 자식들을 위한 희생의 방법을 찾고 계셨던 거다.

요양원에 모셔다드리고 돌아온 첫날, 나는 눈물을 주체할 수 없었다. '가슴이 찢어진다'는 말만큼 정확한 표현이 있을까. 그날은 잠을 한숨도 이루지 못했다. 그런데 말이다. 며칠 후 요양원으로 어머니를 만나러 갔을 때 어머니의 표정이 놀라웠다. 우리를 보며 활짝 웃으시는 것이 아닌가. 그날 집으로 돌아오는 길에 나는 그 웃음의 의미를 가만히 헤아려보았다. '아들아, 너는 불효를 한 것이 아니야. 나 여기 괜찮아. 그러니 나 때문에 슬퍼하지도 말고, 힘들어하지도 마라'라는 어머니의 목소리가 들리는 듯했다.

4년 전 그때보다 상태가 훨씬 악화된 어머니는 이제 아무 말씀도 못 하시고 하루 종일 누워만 계신다. 하루 2시간의 재활치료가 운동의 전부다. 가족들이 온 것을 희미하게 알아채시는 날도 있다. 그때마다 우리와 눈을 맞추고는 서럽게 우신다. 그럼 나도 운다. 어머니가 느끼고 계신 저 답답함이 내 가슴으로도 고스란히 전해지기 때문이다. 어제도 어머니와 나는 그렇게 공명하듯 울었다. 마음을 견딜 수가 없어 집으로 돌아와선 얼른 책을 집어 들었다. 〈주문을 틀리는 요리점〉이라는 책이다.

보통 책 제목에 공감이 크게 느껴지면 그 책을 눈여겨 살펴본다. 그 반대의 경우도 있다. 제목이 전혀 이해가 안 되거나 이상할 때도 시선이 간다. 나에겐 이 책이 그런 경우였다. '주문을 틀리다니!' 요리사인 나로서는 도저히 이해가 안 되는 말이었고, 눈에 거슬리는 제목이었다. 그래서 더 내용이 궁금했다. 마침 어머니를 뵙고 돌아온 날, 주문한 책이 집에 도착했다.

책 내용은 이렇다. 도쿄에서 좌석 수 열두 개짜리 작은 레스토랑이 문을 연다. 이 레스토랑의 이름이 '주문을 틀리는 요리점'이다. 이 책은 바로 이 레스토랑의 이야기를 담고 있는데, 마치 소설의 설정 같지만 아니다. 이 책은 실화를 담아냈다. '주문을 틀리는 요리점'이라는 상호도 문학적인 비유가 아니다. 이 음식점에서는 정말 손님이 주문한 음식과 전혀 다른 것이 나오기도 한다. 한 가지 놀라운 것은, 주문한 요리가 아닌데도 손님 중 어느 누구 하나 이를 문제 삼거나 다시 주문하지 않는다는 것이다. 오히려 종업원의 실수를 이해하며 즐거워하는 분위기라고 한다. 어떻게 그럴 수 있을까?

손님을 맞이하는 종업원들이 모두 치매 환자들이다. 그래서 어쩌면 주문한 음식이 제대로 나오지 않을지도 모르는 상황인 것이다. 그리고 손님들도 이런 상황을 충분히 알고 여기에 온 것이다.

NHK 방송국 PD인 저자는 어쩌다 취재를 가게 된 간병 시설에서 예정된 메뉴가 아닌 엉뚱한 음식을 대접받는 경험을 한 후에, 치매 어르신들로 스태프를 꾸려 레스토랑을 운영하는 이 독특한 프로젝트를 기획하게 됐다고 한다. 이 프로젝트는 천재적인 발상이라는 생각이 들었다. 왜냐하면 이것은 치매 환자들만을 위한 것이 아니기 때문이다. 이 프로젝트는 우리 모두에게 메시지와 깨달음을 주는 놀라운 요소가 있다.

좀 불편하고 당황스럽더라도 타인의 상황을 이해하고 받아들이는 새로운 가치관이 퍼져나간다면, 우리 사회가 조금은 더 좋은 곳으로 바뀌지 않을까 하는 의도에서 시작한 일종의 사회공

맛

헌 프로젝트인 것이다. 아무리 좋은 메시지라 할지라도 무겁고 딱딱하게 그 당위성을 주장하면 사람들은 아무래도 불편하다. 머리로는 이해하지만 가슴으로 받아들이기까지는 어려움이 따른다는 것이다. 그런데 이 프로젝트는 감동이 있다. 그리고 그 감동은 치매 환자들뿐 아니라 우리가 함께 힘을 합쳐야 완성된다. 감동이 우리 모두의 것이 될 수 있는 지점을 기막히게 찾아낸 것이다.

나는 이것이 작지만 세상을 구할 수도 있는 놀라운 아이디어라는 생각이 들었다. 저자가 실제로 실행했던 이 프로젝트를 통해 치매 환자들은 다시 삶의 희망과 활력을 얻었다. 나아가 그와 동시에 치매 문제에 대한 사회적 인식을 극적으로 환기시켰다. 이 책은 불가피한 문제를 두고 끌려가듯 미봉책에만 매달려서는 안 된다는 메시지를 던진다. 저자는 이런 문제들을 해결해 가는 과정에서 인간의 선한 의지를 사회적 차원으로 끌어올릴 수 있다는 가능성을 보여주었고, 그로써 세상은 지금보다 훨씬 좋아질 것이라는 구체적인 희망까지 선사했다.

내가 직접 체험한 것처럼 우리나라는 아직 치매에 대한 사회적 대비 시스템이 없다. 나는 매우 운이 좋은 편이다. 비록 어머니는 편찮으시지만 나는 형제자매가 있고, 자식들이 힘을 합치면 경제적 감당은 어느 정도 가능하다는 면에서 운이 좋다는 것이다. 만약 힘을 모을 가족이 없거나 경제력이 미치지 못한다면 월 수백만 원에 이르기도 하는 간병비용을 어찌 감당할 수 있을까? 개인의 불행은 개인의 책임이어야만 할까? 나이가 들면, 가난하면, 반드시 언젠가는 불행해져야만 하는 사회라면 그 존재의 이유가 무엇일까?

책은 즐겁고 가벼운데, 이 책이 던지는 메시지는 우리로 하여금 참으로 많은 생각을 하도록 만든다. 누구나 나이를 먹고 늙어간다. 그리고 병들고, 죽음을 맞이해야 한다. 내 부모님처럼 말이다. 늙어도 두렵지 않고 병들어도 행복할 수 있으며, 스스로의 존엄을 지키며 아름답게 생을 마감할 수 있는 삶! 내가 사는 곳이 이런 기본을 지켜주는 사회가 되길 간절히 바란다. 마냥 바랄 수만은 없고 우리 모두 함께 애써야 한다. 그것을 위해 우선 〈주문을 틀리는 요리점〉의 일독을 권한다.

04

哎

flavor

Food

Life

Taste

31

나는 어떤 요리사로 기억되고 싶은가?

〈먹고 마시는 것들의 자연사〉
(조너선 실버타운 지음, 노승영 옮김, 서해문집, 2019)

50세를 '지천명(知天命)'이라고도 한다. 〈논어〉의 '위정'편에 나오는 말이다. 공자가 나이 쉰에 천명(天命)을 알았다고 한 데서 연유했다. 천명? 하늘의 명령? 사전을 찾아보니 천명이란 "우주 만물을 지배하는 하늘의 명령이나 원리, 또는 객관적이고 보편적인 가치를 가리키는 유교의 정치사상"이라고 적혀 있다.

어마어마하다. 도무지 가늠도 되지 않는다. 나는 나름대로 열심히 살았지만, 하늘의 명령은 고사하고 주방의 명령도 다 모른다. 그런데 지천명이라니! 어처구니가 없다. 부끄러워하며 가만히 생각해 보았다. 공자님 정도 되니 할 수 있는 말이었겠다는 생각이 든다. 지천명은 자격이 아니라 지향이라는 생각도 들었다. '오십 살이 넘었으니 이제 나는 하늘의 뜻을 안다!'가 아니라 '오십 살이 넘었으면 하늘의 뜻을 헤아리기 위해서도 애써야 한다'는 정도로 해석해야 옳겠다는 생각이 든다.

사람은 끝없이 변한다. 원하든 원하지 않든 시간은 흐르니까 말이다. 변화는 불변의 법칙이지만, 변화를 통해 앞으로 나아갈지, 뒤로 물러설지는 전적으로 나의 선택이다. 사람은 본래 앞으로 걷게 돼 있는 존재이지 않은가. 그 순리부터 납득하고 이해하는 것이 지천명을 언급할 수 있는 최소한의 자격이라는 생각이 들었다. 요즘 나는 생각이 옆으로 퍼지지 않고, 자꾸만 심연으로 빠져들어간다. 느닷없이 내 삶의 조건이 크게 바뀐 탓일지도 모르겠다.

그 와중에 고른 책은 〈먹고 마시는 것들의 자연사〉다. 이 책을 쓴 조너선 실버타운은 생물학자다. 주로 진화생물학 · 사회생물학 분야를 연구해 왔고, 현재 영국 에든버러 대학교 교수라고 한다. 그는 지금 우리가 먹고 마시는 식탁 위의 모든 음식에는 '진화의 역사'가 있다고 말한다. 진화론의 관점에서 음식을 설명하는 내용인데, 실은 음식을 빌미로 진화론이라는 과학의 원리를 설명하려는 의도로 보인다.

책을 읽다 보면 기분도 진화한다. 처음엔 흥미롭다. 그러다 점차 신기함과 놀라움으로 기분이 바뀐다. 결국 마지막 책장을 덮을 때면 어떤 경이로움마저 느끼게 된다. 책의 앞부분에서는 오스트랄로피테쿠스 아파렌시스, 호모 하빌리스, 호모 에렉투스, 호모 사피엔스 등을 차례로 불러와서는, 이들의 생김새를 통한 진화적 변화와 음식의 관계를 서로 연결해 설명한다.

이뿐만이 아니다. 이 책은 마치 최신 과학의 백화점 같다. 생화학, 분자유전학, 해부학, 지리학, 기상학, 계통분류학, 식품과학, 문화인류학, 지질학, 유전체학… 여기에 문학과 신화와 역사까지. 이런 엄청난 분야를 수시로 호출하며 저자는 이야기를 이어간다. 그렇다고 어렵지도 지루하지도 않다. 워낙 많은 종류의 이야기가 등장하기 때문에 이 지면에서 그 항목을 열거하기조차 힘겹다.

　일단 개인적으로 내가 가장 흥미로웠던 분야는 채소가 다양성을 가질 수 있었던 이유를 진화론으로 설명하는 제8장이었다. 식물은 동물과 달리 적으로부터 달아나지 못하기 때문에 방어 전략을 진화시킬 수밖에 없는데, 식물이 달아나지 못한다는 이 단순한 사실은 요리의 관점에서 중요한 의미가 있다고 이 책은 설명하고 있다. 끝없이 서로를 공격하고 방어하는 식물과 인간의 생존투쟁을 떠올렸는데, 치열하다 못해 장엄한 장면들이 머리에 지나갔다.

　이 책에 등장하는 수많은 요리와 재료처럼 내 삶의 조건도 최근 극적으로 진화했다. 나는 올해 1월 초 호텔의 조리팀장으로 발령이 났고, 연이어 3월에는 부장으로 승진했다. 이런 일은 기쁘다. 기쁨을 애써 가리고 감출 만큼 나는 의뭉스러운 사람은 아니다. 나는 일단 순수하게 기뻐하기로 했다. 그런데 이 경험 또한 나라는 사람을 진화시킨다. 실컷 행복해하다가 돌아보니, 나는 자그마치 150명이나 되는 요리사들을 책임져야 하는 자리에 가

있게 된 것이다. 막막했다.

〈먹고 마시는 것들의 자연사〉를 손에 잡은 것도 실은 이 막막함 때문이었다. 뭔가 근본적인 것들을 생각하고 싶었다. 변화가 많을 때는 변하는 것을 보려고 하면 안 된다. 빠른 속도로 지나가는 것들은 어차피 보이지도 않는다. 그래서 큰 변화 속에서는 변하지 않는 것들을 보아야 한다. 그래야 스스로를 지킬 수 있다. 홍수가 난 강의 격류에 떠내려가지 않으려면, 움직이지 않는 바위를 찾아야 한다. 이것을 '초심'이라고도 표현할 수 있다는 것을 나는 떠올렸다.

나의 초심은 무엇일까? 무엇이어야 할까? 요리가 무작정 좋았던 시절. 요리가 오로지 내 삶의 선망이기만 했던 바로 그 시절. 지금의 나는 그때와 뭐가 같고 뭐가 다른지 생각해 보았다. 추운 겨울 살을 에는 듯한 새벽바람을 맞으며 호텔로 향하는 버스를 기다리던 기억. 잠이 덜 깬 얼굴로 직원 식당에서 먹던 따뜻한 아침. 요리책을 구하기 위해 선배들에게 묻고 또 물어서 간신히 책을 손에 넣고는 남몰래 눈물까지 흘렸던 일도 떠오른다.

나는 스스로에게 자격을 다시 물었다. 회사는 나에게 먼저 자격을 주었지만, 그것으로서는 부족하다는 생각이 들었다. 나는 묻고 대답하기를 반복했다. 나는 누구인가? 27년차 호텔 요리사다. 나는 여전히 주방의 냄새를 좋아하는가? 언제나 주방에 들어서면 코끝을 스치는 향신료들과 채소 써는 소리, 무언가를 볶는 냄새, 타오르는 불꽃… 이런 주방의 상징들을 볼 때마다 내 심장은 여전히 쿵쾅거린다. 동료들과 함께 있는 시간이 즐거운가? 큰 연회 행사를 마치고 서로 웃으며 인사할 때 나는 행복하다. 나에게 요리사란 어떤 직업인가? 요리사는 타인을 즐겁고 행복하게 만드는 가장 도덕적인 직업이다.

묻기 위한 질문이 아니라 대답을 위한 질문을 나에게 계속 던졌다. 대답을 통해 내가 마음가짐을 얻길 바랐다. 한도 끝도 없었다. 나는 더 어려운 질문이 나오길 바랐다. 평생 대답 못 할 질문도 나올 수 있지 않을까 싶었다. 그리고 드디어 바로 그런 질문을 찾았다. '나는 어떤 요리사로 기억되고 싶은가?'

32

김정은 위원장 담당 요리사에게 권하는 책

〈음식을 처방해 드립니다〉
(리나 네르트뷔 아우렐 & 미아 글라세 지음, 김성훈 옮김, 반니, 2018)

종전? 전쟁이 끝났다는 말이 아닌가! 세상에 이런 거대한 역사를 내가 직접 만나다니! TV에서 남북 양국 정상이 평화의 시작을 알리는 판문점선언을 읽어 내려가는 동안 눈앞이 자꾸 아득해졌고, 현실감각이 잘 생기지 않았다. 그렇게 꿈만 같았던 한반도의 통일이 눈앞의 현실로 다가왔다. 가슴이 뜨거워졌다. 2018년 4월 27일은 내 평생 잊지 못할 장면으로 기억에 남을 것이다.

장인의 고향은 함경북도 길주군이다. 당시 10대 소년이었던 장인은 자신이 이해하지도 못하는 이념 때문에 죽음의 공포로

떨어야 했다. 소년은 살아남기 위해 남으로 향했고, 빈손으로 타지에서의 삶을 일구었다. 그 소년은 이제 80대 노인이 되었다. 지금은 거동도 불편하고, 정신도 온전치 못해 방금 전의 일도 기억해 내지 못한다. 그런데 한 가지 아주 신기한 것이 있다. 장인은 어쩌다 북쪽의 고향 얘기라도 나오면 너무나 뚜렷하게 그 시절 기억들을 쏟아낸다. 그럴 때 장인의 눈은 다시 소년이다. 만일 장인이 살아생전 고향 땅을 다시 갈 수 있게 된다면 이 어른의 눈이 또 어떤 빛을 낼지 궁금하다. 어쩌면 소년처럼 온 마을과 뒷동산을 온종일 뛰어다닐지도 모르겠다는 생각이 들기도 한다.

장인은 평소에도 냉면을 무척 좋아한다. 장인의 고향에서 온 가족이 함께 냉면을 먹으면 참 좋겠다는 생각이 들었다. 문득 통일은 거대하고 복잡한 그 무엇이기보단, 그저 냉면 한 그릇 먹고 싶은 소박한 소망일지도 모른다. 소박하지만 결코 내려놓을 수가 없는, 냉면 가락처럼 길고 끈질긴 소망 말이다.

그러고 보니 이번 정상회담 저녁 만찬 메뉴에는 옥류관의 평양냉면이 있었다. 진짜 평양냉면은 어떤 모습일까 늘 궁금했는데 드디어 그 궁금증이 좀 풀렸다. 두 정상이 냉면을 드는 모습을 보니 나의 요리사 본능이 꿈틀거렸다. 김정은 위원장의 젓가락질과 면을 씹는 입모양을 살피며 식감을 추리했다. 이건 순전히 직업병인데, 어쩔 수가 없다.

만찬을 위해 회담 장소 근처인 판문각까지 냉면기계를 공수해서 왔다고 한다. 냉면은 시간의 요리니 당연히 그럴 수밖에 없었을 것이다. 요리사들이 서빙을 하는 모습도 사진과 영상으로 세세히 살펴보았다. 호텔 요리사인 나 역시 국빈 방문 청와대 만찬 행사 등을 여러 번 경험했다. 그렇기에 지금 저 평양 요리사들의 수고와 심정, 심지어 심장박동까지 고스란히 느껴졌다.

중요한 행사의 경우에는 먼저 행사장을 사전 답사해서 음식을 조리할 주방공간과 연회를 위한 준비공간, 서빙을 담당할 인력들의 대기공간과 동선까지 반드시 미리 확인해 놓아야만 한다. 그런 후에 음식을 조리할 장비배치와 전기시설, 가스시설들을 모두 점검하고 조리장비와 요리사들의 배치까지 머릿속으로 시뮬레이션을 해둔다. 이것으로 모든 준비가 끝난 것이 아니다. 그다음에는 실제상황과 똑같이 장비들을 작동해 보고 문제가 없는지, 또 혹시 있을지 모를 돌발상황에 대비한 비상대책도 마련해 놓아야 한다.

저녁 만찬장에서 식사하는 분들이 모두 34명이라 했다. 냉면이라는 요리는 삶아서 담아내고 육수를 부어내는 타이밍이 얼마나 적절한가에 따라 면의 식감과 맛이 완전히 달라진다. 옥류관 요리사들은 냉면 반죽을 삶아 다시 찬물에 헹군 후 통에 담아 북측 통일각에서 남측 회담장까지 차를 이용해 4번에 걸쳐서 운반했다고 한다. 냉면을 최상의 상태로 유지하는 데 얼마나 신경을 쓰고 정성을 들였을지가 눈앞에 선연히 그려졌다.

'우리가 최선을 다해 만든 이 냉면 드시고 꼭 남북통일의 염원을 이뤄주세요.' 옥류관 요리사들의 마음속 말까지 내 귀에 들리는 듯했다. 동병상련. 요리사의 고충은 요리사들이 제일 잘 안다. 최고의 평양냉면을 만들어 남북의 정상에게 내놓기 위해 보이지 않는 곳에서 엄청나게 애쓰고 고생했을 북한의 요리사들에게 격려의 큰 박수를 쳐주고 싶다.

남북정상회담을 보고 나서 바로 뽑아든 책은 바로 〈음식을 처방해 드립니다〉이다. 갑자기 이 책이 떠오른 이유가 있다. 나는 이 책을 평소 김정은 위원장의 식사를 책임지고 있는 요리사들에게 권해주고 싶었다. 김 위원장은 아직 30대 중반의 젊은 나이인데 짧은 발표에도 숨소리가 밭고 거칠었다. 쉽게 짐작할 수 있지만 그의 과체중 때문이다. 몸이 건강해야 생각도 판단도 건강하게 할 수 있다.

〈음식을 처방해 드립니다〉를 쓴 두 사람의 저자는 스웨덴 사람들이다. 이 책은 독특하게도 정치학자와 광고기획 전문가가 함께 썼다. 두 사람은 의학상식에 대한 블로그를 운영하면서 얻은 지식과 정보를 다시 정리해 이 책을 썼다.

이 책은 특별히 장내세균총과 염증에 중심을 두고 의학적 정보를 전달한다. 자가면역질환이나, 항염증 다이어트 등 우리 몸의 면역체계에 관심이 있고, 만성질환에 시달리는 사람에게는 특히 유용한 정보들이다. 예를 들면 식습관과 체내 염증 유발 원리를 다음과 같이 설명한다.

"식이섬유는 결장까지 내려가 몸을 보호하는 이로운 세균에 의해 처리되는 반면, 설탕, 즉 당분은 소장에서 혈류로 바로 빠져나갑니다. 그래서 결장에 있는 착한 세균들이 먹을 것이 남지 않죠. 이렇게 해서 혈당 수치가 치솟게 되고, 그럼 췌장에서는 필요 이상으로 많은 인슐린을 뿜어내기 시작합니다. 몸속 인슐린 수치가 올라가면 면역계가 과도하게 일을 하기 시작하고, 이것 때문에 장내세균총이 피폐해집니다. 그리고 염증이 발생하죠."
(책_50쪽)

몸에 문제가 발생했을 때 화학적으로 만들어진 약이 아니라,

몸에 좋은 음식을 처방함으로써 음식으로 우리 몸을 다스리고, 건강을 지킬 수 있는 노하우를 알려주는 것도 이 책의 특징이다. 약식동원(藥食同源), 즉 먹는 것이 약이 된다는 동양의 전통적인 사상을 서구식 합리성으로 풀어간 지점이 흥미롭다. 우리가 무심히 먹는 달달한 음식들이 얼마나 몸을 상하게 하는지, 설탕이 얼마나 중독성이 강한지, 왜 오메가3의 불포화지방산을 먹어야 하는지 이런 온갖 건강 상식들을 과학적이면서도 쉽게 설명한다.

갑자기 건강하게 오래 살고 싶어졌다. 아직 발디뎌보지 못한 한반도의 나머지 절반을 구석구석 살피고 맛보려면 우리 모두 더욱 건강해야 한다.

'분자요리'와 '분자미식'

〈나는 부엌에서 과학의 모든 것을 배웠다〉(이강민 지음, 더숲, 2017)

'그렇다! 부엌에서는 모든 것을 배울 수 있다.'

〈나는 부엌에서 과학의 모든 것을 배웠다〉라는 책을 보자마자 내가 떠올렸던 문장이다. 나는 이런 제목이 좋다. 지극히 당연한 것들을 전혀 새롭게 환기시키는, 바로 그런 문장으로 이루어진 책 제목 말이다. 책을 펼치기도 전에 뭔가 탁 깨닫게 만든다. 이는 어린 시절의 보물찾기 놀이와 똑같다. 놀이가 시작되는 그곳에 분명 보석이 숨겨져 있다는 것을 우리는 알고 있다. 보물찾기 놀이는 감추기 위한 놀이 아니라 찾기 위한 놀이다. 독서도 비슷하다. 양서라 할 만한 책들은 대개 열림을 목적으로 만든 자물쇠와 같다. 그래서 우리는 그것을 기꺼이 찾아나선다.

한가위 명절이 지나갔다. 호텔리어들에게는 가장 바쁜 시기 중 하나다. 평소보다 두 배쯤 바쁘다. 올 추석 휴일에도 역시 가족과 함께하지 못했다. 30년 가까이 늘 반복되는 일이다. 훗날 은퇴를 한 후 내가 집에 머무는 명절이 온다면, 어쩌면 가족들은 나를 불편해할지도 모르겠다는 생각이 들었다. 늘 반복되지만 미안함은 세월에도 희석되지 않는다.

밤늦은 시간 집으로 돌아오는 길, 한가위 보름달이 환했다. 그리운 이들이 떠올랐다. 오래전 돌아가신 아버지, 치매로 요양병원에 계신 어머니, 그리고 아내의 부모님, 떨어져 사는 형제들, 사촌들, 친구들까지. 유독 밝았던 보름달만큼이나 올해는 유독 많은 이들이 떠올랐다.

첫사랑은? 아! 생각해 보니 그것을 빼놓았다. 사람들은 달을 보며 첫사랑 생각을 많이 한다던데 나는 그런 게 없다. '나는 낭만적이지 못한 인간인가?' 하는 생각도 들었지만, 그보다는 아마도 내가 항상 가족에게 느끼는 미안함 때문이 아닐까 싶다. 미안함이란 보름달처럼 늘 가득 차는 감정이다. 미안함이 가득하기 때문에 다른 감정들이 들어설 자리가 없다.

미안하다고 해서 내가 가족들에게 특별히 하는 것은 별것 없다. "밥 먹으러 나가자" 하고는 함께 외출하는 정도다. 하지만 이것도 이젠 몇 번 안 남은 이벤트일 듯싶다. 아이들은 빠르게 자라고 있고, 성장한 아이들은 아버지의 '심기 면피'용 외식 자리에는 더 이상 앉지 않으려 할 것이다. 성장하고 독립해서 떠나는 아이들을 억지로 불러앉혀 놓을 생각도 없다. 그래서도 안 된다.

내가 바쁜 와중에도 책을 많이 읽으려고 하는 이유 중에는 이런 면도 있다. '아버지라는 권위가 아니라 나만의 콘텐츠로 커가는 아이들의 마음을 얻자!' 내가 들려줄 수 있는 이야기로 내 아

땅

이들과 또 이 아이들의 아이들이 나에게 달려오고 싶도록 만들고 싶다. 먼 훗날의 언젠가는 "할아버지, 또 재미있는 이야기 들려주세요." 하는 손주들의 목소리를 꼭 듣고 싶다는 것이다. 일찍 돌아가신 내 아버지가 못 하신 그 일을 나는 하고 싶다.

정신없이 바빠질 한가위 명절이 오기 일주일 전, 나는 서둘러 책을 읽었다. 일주일 넘게 책 읽을 시간이 없을 것이라 조금 안달이 났다. 그럴 때 내 눈에 쏙 들어왔던 책이 바로 〈나는 부엌에서 과학의 모든 것을 배웠다〉였다. 제목에 쓰인 모든 단어가 마음에 들었다. '부엌'은 말할 것도 없고 '과학', '모든 것', '배웠다'에 심지어 '나는'까지. 나 또한 부엌에서 인생의 '모든 것'을 배웠기에 책 제목에서 매우 강렬한 연대감을 느꼈다.

한편 궁금했다. 부엌이 가르쳐주는 '과학'이라니! 그러고 보면 요리란 가장 과학적인 일이기도 하다. 이 타당성을 어떤 이야기들로 풀어갈지가 가장 궁금했다. 보통 그렇잖은가. 가장 당연한 것들을 다시 볼 때 재미도 지혜도 깨달음도 얻을 수 있다. 책장을 펼치며 부디 그런 책이기를 소망했다.

저자 이강민은 낮에는 학생들을 가르치고 저녁에는 음식에 과학과 예술을 입히는 실험적 레스토랑을 운영한다. 그는 요리와 과학이 접목된 '분자요리'와 행복하게 음식을 먹는 것을 포함하는 '분자미식'에 매료됐다고 한다. 그는 식재료 본연의 맛을 내는 요리를 추구한다. 과학자이자 요리사인 그는 부엌에서 일어나는 신비하고 재미있고 놀라운 현상들과 요리에 적용되는 물리 · 화학 · 생리학 · 효소발효학의 원리들을 책에서 잘 설명하고 있다.

그는 음식을 만드는 것은 과학적인 종합예술이며, 문화를 만들어내는 것이라 말한다. 내가 요리를 배울 적에는 무조건 선배들의 경험을 중요시하는 경향이 있었다. 세월은 많은 것을 변화시켰다. 오늘날 요리는 과학기술과 결합되고 있고, 예술과도 접목되고 있다. 또 의학은 물론 심리학과도 섬세하게 연결되고 있다.

이제 요리사는 이 모든 것을 알고 응용하고 결합할 수 있는 적극적이고 창의적인 존재가 돼야 한다. 생각하지 않으면, 공부하지 않으면, 좋은 요리사가 될 수 없다. 나는 이것이 매우 좋은 변화라고 생각한다. 힘겨운 도전이겠지만, 이 도전은 '요리'의 가치와 위상까지 재정립시킬 것이 분명하기 때문이다. 하지만 어디 요리만 그렇겠는가? 우리 모두의 삶이 변하고 있다. 이런 변화는 책을 읽는 사람들에겐 너무나도 좋은 기회다.

| # 자연이 그대로 있기를 원하는 기도

〈마음을 멈추고 부탄을 걷다〉(김경희 지음, 공명, 2015)

친구의 아내가 세상을 떠났다. 문상을 하고 집으로 돌아오는 발걸음이 너무 무겁다. 고개를 숙이고 걸으며 '요리사란 직업은 어쩌면 세상에서 가장 현세적인 직업일지도 모른다'는 생각을 했다. 음식은 사람을 살게 하는 것이고, 요리사라는 직업은 살아 있는 사람만을 위해 존재하는 것이니까 말이다. 그리하여 요리사인 나는 어쩌면, 세상에서 죽음과 가장 멀리 떨어진 사람일지도 모른다는 생각이 들었다. 그런 이유 때문일까? 친구 아내의 문상 길은 나를 그토록 낯설었던 죽음과 정통으로 맞세운다. 나는 집으로 돌아와 옷을 갈아입으며 혼자 중얼거렸다. "인생, 참

한순간이구나! 아무리 애써봐야 천년만년 살 것도 아니고, 두 번 살 것도 아닌데….”

　그러다 벽에 걸린 달력이 눈에 들어왔다. 벌써 5월의 마지막 주다. 평소라면, 내일 호텔에 나가 해야 할 일들을 체크하고 있었을 것이다. 그런데 오늘은 좀 다르다. 마음이 복잡하다. 한꺼번에 여러 가지 생각이 몰려왔다. ‘내 나이가 몇이지?’, ‘그동안 뭘 했지?’, ‘내가 요리사가 되고 난 후 하려고 했던 것들을 얼마나 이루었지?’, ‘지금 내가 가고 있는 방향이 맞나?’, ‘잘 살아왔는가?’, ‘나는 지금 행복한가?’ 수없이 많은 물음표들이 눈앞을 뱅뱅 돌며 온 방안에 떠다닌다. 가슴은 미어지고 머리는 곧 터질 것 같았다.

　“누구나 행복한 사람이 되는 곳”이라는 문구와 함께 〈마음을 멈추고 부탄을 걷다〉란 책이 눈에 확 들어온 것은 바로 그때였다. 나는 곧 주저 없이 책을 들어 읽기 시작했다. 작가 김경희는 한 아이의 어머니이면서 소설가이자 방송 다큐멘터리 작가다. 그녀는 정신없이 바쁜 일상과 끊임없이 이어지는 일상 속에서 답답함과 함께, 더 이상은 꿈조차 꾸지 않는 자신을 발견하게 되었다고 한다. 그러던 중 세상에서 가장 행복한 나라로 소문이 난 부탄이라는 나라를 소개하는 다큐를 기획하기로 마음먹는다. 취재를 위해 부탄을 여행하면서 그녀는 많은 것을 보고 깨닫는다. 가난하지만 불행해하지 않는 부탄 사람들의 모습을 그녀는 자신의 눈으로 직접 확인한다. 가장 인상 깊었던 책의 한 구절을 옮겨본다.

"부탄 사람들이 매일 드리는 기도가 뭔지 아세요?", "글쎄요. 가족에 대한 걱정? 재물에 대한 기도?", "틀렸어요. 자신의 부귀영화도 아니고 자식이 잘되길 바라는 것도 아닌 오로지 자연이 그대로 있기를 원하는 기도예요.", "자연이 그대로 있기를 원한다고요?", "산이 거기에 있고, 별이 그 자리에 있으며 인간이 자연에 해를 끼치지 않기를 바라는 기도요." (책_43~45쪽)

대화체로 된 이 구절을 읽으며 나는 곧 미어터질 것만 같았던 마음이 일시에 차분해지는 것을 느꼈다. '행복한 삶'에 대한 일종의 깨달음이 있는 순간이었다. '나'만이 아니라, '우리'를 함께 품고 나누는 마음. 변함없는 자연 속에서 아무런 욕심 없이, 매일매일 평안의 잠듦이 있는 생활! 그렇다. 행복은 결코 무지개 너머 그 어딘가에 보물섬처럼 숨겨진 것이 아니라, 그래서 악착같이 찾아 나서야 하는 험난한 욕망의 길이 아니라, 내 가슴속에 이미 오래전부터 그려져 있던 지도였다는 것을, 나는 이제야 비로소 깨닫고 있었다. 한 장 한 장 페이지를 넘기며 말이다.

뗏

마음을 다스리고 현실을 견디기 위해 책을 읽는다는 사람들도 있다. 그러나 나는 인생을 무작정 견디라고 말하고 싶지 않다. 인생은 늘 극복이 필요하고 해결이 필요하다. 인생이 방향을 잃고 목적을 잃었는데, 대체 무엇을 견뎌야 하며, 어떻게 견딜 수 있단 말인가? 나는 책도 그렇게 읽으면 안 된다고 말하고 싶다. 독서는 단순한 견딤의 방편이 아니다. 책을 읽는다는 것은 현실의 불합리나 삶의 무의미를 박살내고, 끝내는 이겨버리기 위한 구체적 전략을 세우는 일이기도 하다.

고단한 삶 속에서 지치고 행복을 잃어버렸을 때, 우리가 가장 먼저 해야 할 일은 숨을 가다듬고, 따뜻한 차 한 잔을 준비한 다음, 책을 손에 드는 일이다. 이 요리사의 레시피를 믿고 한번 직접 해보시라. 당장 행복해진다.

35

진정한 고수는 세상의 평범 속에
자신의 영혼을 절어 넣는다

〈요리로 만나는 과학 교과서〉(이명미 외 지음, 부키, 2004)

중학생인 딸의 질문에 순간 말문이 막혔다. 대단한 것도 아니었다. "아빠! 전분 물을 묻혀 튀긴 탕수육은 왜 핫도그보다 훨씬 더 바삭하고 맛있는 거야?" 쉽게 답을 주지 못하는 나를 올려다보며 딸은 '요리사가 그것도 모르냐'는 표정을 지었다. 진땀이 났다.

호텔 레스토랑의 근무특성상 평일에 쉬고 주말에 일을 하는 경우가 많다. 물론 늘 그런 것은 아니다. 가끔은 쉴 수 있는 주말이 돌아오기도 한다. 그런 날에는 가족들과 외식을 한다. 가족들이 메뉴를 먼저 정하면 음식점은 주로 내가 선택한다. 같이 근무하던 선배와 후배들이 독립해 운영하는 곳이 많으니 음식점 선택은 어렵지 않다.

호텔에서 오래 일했던 동료들이라 독립을 해도 다들 재료를 아끼지 않는다. '자만'으로 넘어가지 않는 '자부심'을 유지한다. 지난 주말, 가족들과 함께 전농동의 중식당으로 갔다. 선배 요리사가 운영하는 음식점이다. 그곳도 그랬다. 요리사의 자부심과 마음까지 고스란히 느껴지는 요리들. 눈과 혀만으로는 도저히 감각할 수 없는, 그 이상의 무엇이 있었다.

그렇다고 뭐 특별한 요리도 아니었다. 가족들이 정한 메뉴는 탕수육과 새우칠리, 그리고 짜장면. 역시 진정한 고수는 세상의 평범 속에 자신의 영혼을 절여 넣는다. 이런 것은 특별한 사람만 느낄 수 있는 것은 아니다. 아내와 아이들 모두 더없이 행복한 표정으로 음식을 즐겼다. 뭐라 표현할 수는 없어도 분명히 아는 것이다. 진정한 요리사가 자신의 요리에 넣어둔 철학과 진정성을 말이다.

모르는 식당에 가면 맛을 품평하거나 식당의 운영 시스템을 주로 살피게 된다. 하지만 오랜 세월 함께 일했던 분들의 식당에서는 옛 동료들의 삶의 태도와 철학까지 배울 수 있다. 그래서 가족들과 외식할 때에는 주로 동료 식당을 순례한다. 아이들도 조금씩 커가면서 '음식 하나에도 사람의 마음이 충분히 담길 수 있다'는 것을 느끼는 듯하다. 나는 내 아이들이 이런 특별한 경험들을 통해 사람의 마음까지 음미할 줄 알고, 그래서 진심으로 존경할 줄도 아는, 그런 섬세한 사람으로 성장하길 바란다.

아이들은 그날 그 선배의 탕수육이 정말 감동적이었나 보다. 일주일 후 퇴근하고 집에 와보니 딸아이가 탕수육 재료를 잔뜩 사다 놓았다. 그러고는 나에게 요리를 해달라고 했다. 그건 자주 있는 일이 아니었다. 종일 음식을 만들어야 하는 사람들이 집에 돌아와서까지 음식을 만드는 경우는 별로 없다. 내 아이들도 아내의 음식에 훨씬 익숙하다. 하지만 아주 가끔은 특별히 나에게 요리를 주문할 때가 있다. 그날 따라 호텔에서도 일이 많았다. 피곤했고 살짝 귀찮은 마음이 들기도 했다. 하지만 중학교 1학년짜리 딸은 눈빛 하나만으로도 나의 귀차니즘을 단번에 제압해 버렸다.

내가 만든 탕수육을 맛있게 먹어주는 딸이 고맙다. 요즘 딸은 학교에서 친구들에게 아빠가 호텔 요리사라고 자랑도 하는 모양이다. 나는 나를 자랑하는 내 딸이 자랑스러웠다. 그리고 진정으로 행복했다. 나는 속으로 말했다. '내 모든 에너지의 원천이 바로 너라는 것을 너는 알까?' 딸에게 아빠의 요리에 대해 품평해 달라고 했다. 딸은 겸연쩍어하면서도 "엄마가 해줄 수 없는 음식이라 가끔은 먹고 싶다."고 말해주었다. "하지만 아빠의 음식은 인내심이 필요해. 너무 오래 걸려."라며, 과연 요리사의 딸답게 냉정하게 점수를 깎았다.

듣고 보니 맞는 말이다. 습관은 무섭다. 정리가 안 된 주방을 나는 견디지 못한다. 집에서 음식을 할 때도 주방 정리부터 시작한다. 물론 아내는 이것을 좋아하지 않는다. 아내로선 자신만의 영토를 침범당하는 느낌일 것이다. 하지만 나에겐 주방의 위생과 정리정돈은 절대 타협의 대상이 아니다. 하지만 딸 역시 내가 집 부엌에 들어갈 때마다 조성되는 그런 긴장감이 싫었던 모양이다. 역시 집에서 사랑받기 위해서는 직장에서의 습관은 좀 접어둘 필요가 있다. 가정이라는 곳에서는 '절대'란 절대로 없다.

내가 만든 탕수육은 대성공이었다. 아내와 아이들이 정말 맛있게 먹었다. 한껏 의기양양해진 나는 맛이 어떠냐고 재촉하듯 물었다. 돌아온 대답은 뜨거우니 말 시키지 말아달라는 것이었다. 이건 '말도 못 하게 맛있다'는 뜻이 아닌가. 나는 내 맘대로 즐거워하고 있었다. 그 순간 혹 들어온 딸의 질문이 바로 '바삭한 탕수육의 과학적 원리'에 대한 것이었다.

다 좋았는데, 그 질문 하나에 요리사 아빠의 체면이 와르르 무너졌다. 식사를 마치자마자 나는 책부터 찾았다. 그날 찾아낸 책이 바로 〈요리로 만나는 과학교과서〉다. 출간된 지 올해로 15년이나 됐다.

오랫동안 사랑받는 책에는 이유가 있다. 신뢰가 간다. 과학 선생님인 엄마 이영미 씨와 두 딸 예슬·정빈이가 함께 쓴 책이다. 우리가 먹는 음식을 통해 과학의 원리를 쉽게 설명한다. 그리고 이해를 돕기 위해 과학실험까지 해서 보여준다. 에너지의 상태 변화를 팝콘으로 알기 쉽게 설명해 주기도 하고, 샌드위치를 반으로 잘라 그 옆면을 보면서 지구의 지층과 충리에 대해 이야기한다. 또 된장찌개를 끓이면서 열의 이동을 알려주고, 국물을 내는 멸치가 오르락내리락하는 모습을 보며 대류 현상을 설명하는 식이다. 개념만으로는 어려운 과학 원리들을 이렇게 쉽게 설명할 수 있다니 놀랍다.

나는 책을 읽으며 생각했다. '세상엔 아빠도 모르는 것이 많지만, 아는 것보다 더 중요한 것은 알려고 노력하는 것이 아닐까?' 이 말을 딸에게 직접 들려주지 않겠지만 나를 보고 느낄 수 있기를 마음으로 바랐다. 아이들은 부모의 말보다는 부모의 태도를 통해 훨씬 많이 배울 테니 말이다. 내 딸도 책을 많이 읽으며 살아가길 바란다. 항상 알려고 노력하는 삶, 그게 행복한 삶이라는 것 하나는 분명하니까 말이다.

36

상사병마저 고쳐주는 '나의 부엌'

〈손때 묻은 나의 부엌〉
(히라마쓰 요코 지음, 조찬희 옮김, 바다출판사, 2018)

맛에 대한 대중의 취향은 항상 변한다. 노포들은 '변함없는 맛'을 내걸지만, 사실 그들이 제공하는 맛은 끊임없이 변하는 사람들의 입맛에 섬세하고 정확하게 맞추는 것이다. 어머니의 집밥도 긴 세월을 건너가는 동안 미세하게나마 변한다.

음식은 그런 것이다. 불과 10년 전 나온 책의 문장이 어색하게 읽히는 것처럼 만일 음식의 맛이 하나도 변하지 않는다면 사람들은 맛이 없어졌다고 느낄 것이다. 이래서 요리는 세상에서 가장 어려운 일 중 하나다. 고정된 과녁이 아니라 빠르게 이동하는 대상을 맞혀야 한다. 하지만 그렇기 때문에 세상에서 가장 재미있는 영역이기도 하다.

2년 전 신메뉴 개발을 위해 뉴욕으로 출장 갔다가 조리용 칼을 파는 가게에 들렀다. 뉴욕의 칼 가게답게 전세계의 칼들이 전시되어 있었다. 하나하나 둘러보다 딱 마음에 드는 칼을 발견했다. 일본제 칼이었는데, 길이도 무게도 손잡이도 그리고 전체적인 디자인까지 모두 완벽했다.

단지 딱 하나! 가격이 '무시무시'했다. 내가 예상했던 금액보다 '0'이 하나 더 붙어 있었다. 순간 내 머릿속으로 온갖 생각이 지나갔다. 작은 천사와 악마가 내 어깨에 앉아 각자 서로 다른 결정을 내리라고 소리치는 듯했다. '이런 기회가 어디 있어? 할부로 해!' 이것은 뿔과 꼬리가 달린 유재덕이 한 말이다. '지금 네가 쓰는 칼도 아무 문제없잖아? 그 돈이면 식구들에게 근사한 선물을 사줄 수 있어.' 이것은 하얀 날개를 단 유재덕의 목소리였다.

나는 착한 사람이다. 천사의 말을 듣기로 했다. 조용히 그 칼을 놓고 가게를 나왔다. 그런데 이게 마음의 병을 만들고 말았다. 돌아와서도 한동안 그 칼이 눈앞에 어른거리고, 사지 않은 것이 속상했다. 상사병과 비슷했다. 사랑을 잃어보지 않은 사람은 절대 이해할 수 없는 속앓이. 그 칼을 만난 지 2년이나 지난 지금도 문득 그 칼이 그립고, 그럴 때마다 느닷없이 우울해진다.

이럴 때의 처방은 역시 독서다. 책은 참으로 영험하기 그지없는 신묘한 기물이다. 이 물건은 나에게 무슨 일이 있는지, 또 무엇이 부족한지를 안다. 언제나 그렇다. 최근에 출간된 〈손때 묻은 나의 부엌〉은 나의 몹쓸 상사병에 특효약이 되어주었다.

이 책을 쓴 히라마쓰 요코는 일본에서 식문화와 라이프스타일 그리고 문학과 예술을 주제로 폭넓게 활동하는 작가다. 그녀는 〈손때 묻은 나의 부엌〉에서 주방 기물, 그릇, 생활의 도구들을 하나하나 구입하면서 고민하고 갈등했던 소소한 추억들을 이야기한다. 특히 가족들의 배를 채워주는 쌀을 보관하는 양철통이 단지 배만 채우는 것이 아니라 가족들의 삶을 매일 지탱해 준다는 것을 깨달았던 기쁨을 이야기하는 대목은 정말 인상 깊다.

"'우리집 쌀통'이 생기고 나니, 급한 대로 살림 한구석에 믿음직스러운 닻을 내린 것 같아 안심이 되었다. 양철이 좋았다. 그 이유도 확실히 기억한다. 가볍고 녹슬지 않으며 튼튼하다. 붙임성이나 애교 따위 전혀 없다. 모든 군더더기를 깎아낸 심플한 통이라는 점이 좋았다."(책_10쪽) 또한 베트남에 살던 지인이 몇 년간이나 사용한 납작한 알루미늄 국자를 자신에게 선물했을 때의 고마움이나, 프랑스에 가서 구입한 르크루제 무쇠 냄비에 얽힌 추억도 흥미롭다. 이 책은 자신에게 필요한 조리 도구들을 직접 고르는 즐거움과 그것을 길들여가는 과정을 들려주는데, 이를 일상의 소소한 행복과 연결해 이야기한다. 필력이 대단하다. 마력적인 책이다. 읽기 시작하는 순간부터 빠져들고, 읽고 나면 맛있는 국수를 먹고 난 듯 개운하고 편안한 느낌이 든다.

나는 이 책을 덮으며 뉴욕에서 사지 못한 칼에 대한 미련을 드디어 버릴 수 있었다. 지금 내가 쓰고 있는 칼을 더 갈아주고, 더 아끼며 길들여야겠다는 생각이 들었다. 그러고 보면 책은 정말 대단한 존재다. 세상에서 사람의 마음을 바꾸게 만드는 것만큼 어려운 일이 있을까? 책은 언제나 그 어려운 것을 해낸다.

37 | 식탁은 인생 교실이다

〈질문이 있는 식탁 유대인 교육의 비밀〉
(심정섭 지음, 위즈덤하우스, 2016)
〈그레인 브레인〉(데이비드 펄머터 지음, 지식너머, 2015)

물려받은 재산으로 사는 사람이 아닌, 워킹클래스라면 하루 일과를 마치고 좋은 사람들과 함께 나누는 정겨운 시간과 한잔의 술맛을 결코 모를 리가 없다. 그러고 보면 진정한 미식은 음식의 맛 그 자체가 아니라 그 맛을 보기 위해 달려간 시간의 밀도와 관계가 있는 것이 아닐까 싶다. 충실하고 건강한 삶의 시간이야말로 탐식과 미식을 가르는 가장 중요한 요소라는 생각이다. 탐식이 그저 혀끝의 감각에만 충실한 것이라면, 미식은 내 삶의 시간으로 빚어내야 하는 공감각이다. 아예 차원이 다르다.

땟

아무튼 요리사도 스트레스를 많이 받는 직업이기에 술을 꽤 마신다. 나는 술을 잘 마시진 못하지만, 동료들과 술잔을 기울이는 시간만큼은 아주 좋아한다. 술자리에선 평소 감춰뒀던 말조차 술술 잘도 나온다. 우리 인생 고민거리도, 자랑거리도 모두 말이다. 하지만 난 집에선 술을 마시지 않는다. 아내가 술을 좋아하는 것도 아니고, 아이들은 아직 어리니 함께 마실 사람이 없다. 술은 소통의 도구인데, 집에서 혼자 취한다면 술은 오히려 소통 단절의 도구가 될 것이 뻔하다. 대신 온 가족이 함께하는 식사를 좋아한다. 각자 어떤 시간을 가졌는지 서로에게 들려주는 소박하지만 정겨운 주말 가족식사. 일주일에 한 번씩 나는 내가 무엇 때문에 살아 있는지를 깨닫는다. 그것은 삶을 견디게 해주며, 나아가 삶의 진정한 의미를 찾게 해주는, 나에겐 더없이 소중한 시간이다.

매일 학원에서 파김치가 되어 밤늦게 돌아오는 고3 아들을 보면서 안타까움에 말을 건네보지만, 심리적인 여유가 없는 녀석으로부터 돌아오는 것은 늘 단답형 대답뿐이다. 그럴 때마다 좀 서운하기도 하지만 무엇을 더 바라겠는가? 최선을 다해 자신의 꿈을 이루려는 아들이 대견할 뿐이다. 항상 시간에 쫓기는 아들과 함께하는 식사는 나에겐 정말 소중한 시간이다. 녀석과 대화가 가능한 유일한 시간이기 때문이다. 맛있는 음식 앞에서 아들은 잠시나마 긴장을 풀고 자신의 이야기들을 들려준다. '음식에는 가족을 하나로 단단히 붙여주는, 마치 아교 같은 힘도 있구나!' 요리사인 나는, 지금껏 몰랐던 음식의 힘에 대해 매일 새로 깨닫는 중이다.

〈질문이 있는 식탁 유대인 교육의 비밀〉이란 책을 읽었다. 유대인의 저력을 만들어낸 특별한 교육에 관한 내용을 담은 책이다. 제목에 이미 답이 나와 있지만, 무려 4,000년을 이어온 그 특별한 교육법이 고작 '식탁 대화'란다. 이 책은 놀랍도록 평범한 이야기들을 통해 놀라운 교육적 효과를 설명하는, 놀라운 자녀 교육서. 우리집처럼 유대인들도 일주일에 한 번씩 온 가족이 모여 식사를 한다. 그리고 식탁에서 이야기를 나누는데, 그 내용은 무엇을 먹을 것인지부터 세상과 신에 관한 이야기까지 다양하다고 한다. 유대인 부모들은 아이들의 엉뚱한 질문을 반기며, 늘 즐겁게 토론한다. 이 과정을 통해 아이 스스로 삶의 목적과 가치관을 세울 수 있게 부모가 꾸준하게 도와준다는 것이다.

"유월절은 무교절이라고도 하는데, 바로 이스트(누룩)가 들어가지 않은 빵(모교병)을 일주일 내내 먹어야 하기 때문이다. (…) 어째서 유대인은 이토록 집요하리만치 자기 민족의 고난을 되새길까? 시련의 역사, 고난의 기억이야말로 삶의 목적과 의미를 비추

는 거울이기 때문 아닐까?"(책_146쪽)

아하, 세계사의 큰 족적을 남긴 위인 중에 유대인이 많은 까닭이 이해되는 대목이다. 고난의 기억 그리고 삶의 목적과 의미를 잊지 않으려는 노력을 음식을 통해 실천하고 있는 민족이 바로 유대인이었던 것이다. 가족 간의 식탁 대화는 부모의 가치관과 철학이 자녀에게 전이되는 과정이기도 하다. 감사할 줄 아는 마음이나 남을 배려하는 태도 등의 바른 인성은 결코 말이나 야단으로 가르칠 수 있는 것이 아니다. 부모의 삶의 태도 그 자체가 일상 속에서 자녀들에게 고스란히 전수되는 것이다.

내 아이에 관한 생각을 하며 책을 읽다 보니, 이번엔 나를 키우신 어머니가 떠올랐다. 읽을 책을 고르는 방식이 난 이렇게 늘 중구난방 정신이 없다. 요리는 촌각을 다투는 일이다. 재료 몇 방울, 불에 올리는 시간 단 몇 초 차이에도 맛이 달라진다. 그렇게 시간과 전쟁을 벌이며 정신없이 일하는 요리사의 노동 패턴은 독서 방식에도 고스란히 옮겨왔다.

뇌질환으로 긴 시간 투병 생활을 하고 계시는 어머니를 생각하며 고른 책은 〈그레인 브레인〉이다. 이 책을 쓴 데이비드 펄머터는 신경퇴행성 질환 연구를 개척한 신경과 전문의이며 영양학자로도 이름이 높은 사람이다.

누구나 100세를 사는 '호모 헌드레드 시대', 인간의 뇌에 미치는 식습관에 대한 저자의 발언을 깊이 새겨볼 필요가 있다.

"우리는 평생 총명한 정신으로 살도록 설계되었다. 뇌는 우리가 마지막 숨을 다할 때까지 제대로 작동하게 되어 있다. 그러나 우리 대부분은 나이를 먹으면 인지능력이 쇠퇴한다고 잘못 알고 있다. 우리는 이를 청력 상실이나 주름처럼 노화의 불가피한 요소라고 생각하지만, 이는 치명적인 인식의 오류다." (책_137쪽)

그는 이 책에서 탄수화물과 당분이 우리 뇌에 미치는 나쁜 영향들에 대해 의학적 견해를 밝힌다. 나아가 뇌질환 예방을 위한 구체적인 식습관과 식단, 그리고 음식 조리법까지 매우 상세하게 설명하고 있다.

투병 중이신 어머니가 계셔서 나는 뇌질환으로 인한 병의 고통이 다른 병들보다 더 길고, 가족들까지 힘들게 한다는 것을 잘 알고 있다. 그런 중에 읽은 〈그레인 브레인〉은 요리사인 나에게 특별한 직업적 영감을 주었다. 요즘 쿡방 열풍으로 TV를 켜면 연신 걸신들린 듯이 먹는 장면들이 넘쳐난다. 나 역시 직업이 요리사인지라 처음엔 이런 열풍이 반갑기도 했고, 간혹 우쭐해지기도 했다. 하지만 이제는 이 '열풍'이 부디 '광풍'이 아니길 바라는 마음이 생겼다. 요리를 주제로 깊은 사유를 요구하는 양서들을 읽으며 든 생각이다.

영국의 스타 셰프 제이미 올리버는 자신의 높은 지명도를 활용해 학교단체급식의 영양에 문제점을 제기했다. 영국 정부는 2018년부터 설탕세를 도입한다고 발표했다. 가공식품에 설탕 함유량이 많으면 설탕세 때문에 가격이 비싸지게 된다. 국가가 설탕과의 전쟁을 선포한 셈인데, 이러한 변화가 바로 제이미 올리버의 강력한 문제제기로부터 시작됐다고 한다.

이번 주말 우리 가족 식사 자리에서 내가 언급할 책은 〈그레인 브레인〉이다. "할머니를 생각하며 선택한 책이지만, 이 책을 읽으며 나는 사람이 입에 넣는 것에 관여하는 이라면 훨씬 더 높은 도덕성을 자신에게 요구해야 한다는 것을 깨달았단다."라고 아이들에게 말해주려고 한다.

요리를 놀이로 만드는 레시피

〈마크 쿨란스키의 더 레시피〉
(마크 쿨란스키 & 탈리아 쿨란스키 지음, 한채원 옮김, 라의눈, 2015)

맷

얼마 전이다. 이번에 새로 개발한 레시피를 최종적으로 검토하느라 신경이 예민해져 있었다. 마침 그럴 때 갑자기 휴대폰이 울렸다. 초등학교에 다니는 딸아이의 전화였다. 잔뜩 찌푸리고 있던 내 미간의 주름이 순식간에 펴졌다. 제 오빠보다 여덟 살이나 어린 늦둥이. 나는 요 녀석의 목소리를 '미소 마법'이라고 여긴다.

딸은 내게 크레페 만드는 법을 가르쳐줄 수 있는지를 물었다. 물론 만들 수 있다고 대답해 주고는 그 이유를 물었다. 그러자 딸은 "그냥 크레페가 먹고 싶어요."라고 했다. 그렇다. '그냥 먹고 싶은 것'보다 더 확실한 요리의 이유가 있을까. 순간 괜히 물어봤다는 생각이 들며 피식 웃음이 나왔다. 하지만 나는 앞으로도 꾸준히 딸에게 이런 '괜한 질문'들을 할 생각이다. 사랑의 소통은 그 자체로서 '괜한 것'이기도 하니까 말이다. 나는 "주말에 크레페를 함께 만들어보자."고 딸에게 찰떡처럼 약속하고는 전화를 끊었다.

며칠 후 주말, 나는 딸과의 찰떡 같은 약속을 개떡처럼 까먹고야 말았다. 내 나이 또래의 가장이라면 누구라도 비슷하겠지만, 연말이면 유난히 바빠지는 호텔 업무로 나는 완전히 녹초가 돼 있었고, 그래서 늦게까지 일어나지 못했다. 자꾸 방문을 여닫는 소리와 딸아이의 종종거리는 발걸음 소리가 들렸다.

  '아! 크레페!' 약속이 떠오른 나는 번쩍 몸을 일으켜 세웠다. 내 손을 잡고 부엌으로 이끄는 딸아이의 얼굴에 미소가 피어올랐다. 딸은 제 손으로 재료까지 다 준비해 놓고 있었다. 마트에서 사온 **표 크레페믹스! 세상에 요런 게 다 있었나 싶었다. 사실 나는 요리사이기 때문에 이런 인스턴트 재료는 주부들보다 더 모른다. 재료를 보고 신기해하는 나를 보며 딸아이가 재촉을 했다. 만드는 방법을 보고는 달걀과 크레페믹스와 물을 섞어 반죽을 만들고, 녹인 버터를 팬에 부어 크레페를 하나씩 만들었다. 그러자 딸아이는 기다렸다는 듯이 내게서 받은 크레페에 잼과 과일, 휘핑한 크림 등을 바르고 올리고 하면서 제법 그럴듯하게 완성시켰다. 꽤 먹을 만했다. 딸의 함박웃음을 보면서 문득 이런 생각이 떠올랐다. '요리가 놀이가 될 수도 있네!' 온 가족이 서로 웃으면서 대화하고, 먹으면서 또 웃을 수 있는 이런 재미난 놀이가 또 있을까 싶기도 했다.

  최근에 〈마크 쿨란스키의 더 레시피〉를 읽었다. 책을 펼치자마자 피식 웃음부터 나왔다. 저자가 음식문화사 부문의 세계적 칼럼니스트라는데, 지구 반대편에 사는 그 역시 나처럼 아이와 요리로 놀아주고 있었기 때문이다. 이 책은 여러 나라와 여러 문화

권의 음식과 관련된 이야기들과 그 음식들의 레시피로 구성되어 있다.

처음 이 책을 고를 때 나는 우선 쿨란스키의 레시피들이 궁금했다. 하지만 책장을 펼치자 이 책은 훌륭한 자녀교육서였다. 그는 아주 기발한 놀이를 개발했다. '인터내셔널 나이트'라고 명명한 그 놀이의 방법은 이렇다.

매주 금요일 가족들이 모여 앉아 지구본을 돌린다. 그러고는 아이가 손으로 짚은 그 나라의 음식을 가족이 함께 만들어 식탁을 차린다. 그리고 이를 먹기만 하는 것이 아니라 그 나라의 역사와 문화에 대해 함께 이야기를 나누며 토론을 한다. 다시 말해 요리를 통해 아이들이 세계 여러 나라의 역사와 문화를 아주 재미있게 배울 수 있는 그런 놀이인 셈이다.

〈마크 쿨란스키의 더 레시피〉는 이렇게 단란한 한 가족의 즐거운 추억들을 정리하면서 250가지의 레시피와 음식의 문화사를 함께 구성한 책이다. 한마디로 내가 딸과 하던 요리놀이를 더욱 구체적이고 스케일을 크게 해서 정리한 책이란 생각이 들어서 읽는 내내 즐거웠다. 무엇보다 쿨란스키도 나와 똑같은 '딸바보'라는 것을 알고 나니 이 작가에게 더욱 친밀감이 느껴졌다.

충격적인 뉴스들 속에서도 요즘에는 유독 가족 간에 발생하는 흉측한 사건 소식들이 많다. 그 원인이야 다양하겠지만, 현대사회의 가족 해체가 근본적인 원인이 아닐까 싶다. '해체'는 단절되어 뿔뿔이 흩어지는 것을 의미한다. 그렇다면 흩어져 가는 가족을 무엇으로 다시 이어야 할까? 나는 요리를 직업으로 가진 사람으로서 '가족을 다시 식구로 만들어보라'고 권하고 싶다.

'식구(食口)'란 한집에서 함께 살면서 끼니를 같이하는 사람을 뜻한다. 온 가족이 함께 요리하며 먹고 마시고 떠들어보자. 가족 간에 서로 사랑을 전하기에 그만한 것이 없다.

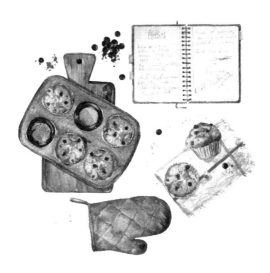

39 | 오늘도 그리고 내일도
누군가의 음식을 준비하며

〈음식문화의 수수께끼〉
(마빈 해리스 지음, 서진영 옮김, 한길사, 2018 개정판)

누군가를 위해 식사를 준비하는 것만큼 아름답고도 위대한 일
이 있을까? 요리사인 내가 나를 염두에 두고 하는 말은 아니다.
당연하게도 나 역시 누군가가 만들어준 음식을 먹는다. 그래서
하는 말이다.

일반적인 음식점과 달리 호텔은 아침식사도 준비해야 한다.
이 때문에 조식 담당일에는 새벽 6시까지 출근해야 한다. 그 시
간에 맞추려면 그보다 2시간 일찍 일어나 준비하고 집을 나서야
한다. 당연히 그 시간에 밥을 먹고 나갈 수 없다. 그럴 때는 호텔

의 구내식당에서 아침을 먹는다. 한 숟가락이라도 아침을 들고 난 후와 그렇지 못한 날의 몸 컨디션은 확연히 다르다.

나는 회사에서 제공하는 새벽의 식사가 늘 좋았다. 공짜라서 좋았다. 만약 내가 사 먹어야 하는 식사였다면 그것은 그저 한 끼를 때우는 의미밖에는 없을 것이다. 하지만 회사표 새벽 식사는 '나를 위해 준비한 음식'이었기 때문에 늘 고마운 마음을 가질 수 있었다. 그렇게 감사하는 마음으로 시작하는 새벽이 나는 좋았다. 배보다 가슴이 먼저 따뜻해지는 식사이기 때문이다.

지난해 겨울 어머님이 하늘나라로 가셨다. 어머니는 치매로 오랫동안 편찮으셨다. 끝내 식사를 하실 수 없게 되자 코에 튜브를 넣어 유동식을 드셔야 했다. 그조차 힘들어질 때쯤에는 링거 주사에 의지했다. 내가 음식을 만드는 사람이었기 때문에 더 그랬을까? 어머니가 음식을 드시지 못하게 됐을 때 나는 가슴이 찢어지도록 미어졌다. 어머니가 떠나시자 처음에는 고통받던 어머니의 모습만 떠올랐다.

하지만 얼마 전부터는 어머니와의 행복했던 모든 시간이 떠오른다. 함께 밥을 먹던 기억이 압도적으로 많다. 어머니께서 손수 만들어주신 오이장아찌와 김치찌개, 동치미, 메밀국수…. 오랫동안 나는 춥고 가난하던 시절에 몸을 데워주던 순댓국밥과 설렁탕 같은 음식들을 '소울 푸드'라고 여기고 있었다. 그런데 이제는 어머니의 음식으로 바뀌었다. '소울 푸드'란 말 그대로 영혼의 음식이다. 세상 소풍을 끝내고 어머니 곁으로 갈 때까지는 먹을 수 없게 된 그 음식들이 이제 나의 진짜 '소울 푸드'가 됐다. 입이 아니라 기억이 먹는 음식들 말이다.

며칠 전 〈음식문화의 수수께끼〉를 다시 읽었다. 요리사가 되길 간절히 소망하던 20대에 이미 읽었던 책이다. 어머니와의 행복했던 옛 시절을 떠올리다 보니 책도 옛날 것을 읽고 싶었다. 당시 읽었던 책은 사라져 개정판을 다시 구입했다. 다행히 책장을 펼치자 뭐든 간절하기만 했던 내 청춘의 시절이 고스란히 떠올랐다.

그때 나는 어머니의 곁을 떠나야 했다. 일찍 독립했던 나는 서둘러 무엇인가가 되어야 했다. 내 인생에서 가장 간절하고 절박하던 시기에 읽었던 책이다. 그때는 살아계신 어머니가 내 곁에 없었고, 이 책을 다시 손에 든 지금은 돌아가신 어머니가 내 곁에 계신다. 대학에서 불문학을 전공한 어머니는 내가 책을 읽고 있으면 참 좋아하셨다. 책 읽고 있는 이 아들을 저 하늘에서도 여전히 기특해하실 것이라 믿는다.

〈음식문화의 수수께끼〉를 쓴 마빈 해리스는 미국의 대표적 문화인류학자다. 이 책은 전세계의 다양한 음식 문화를 분석하고 그 속에 숨어 있는 그들의 진짜 문명의 수수께끼를 풀어내 설명하고 있다. 이 책은 기괴하고 끔찍해 보이기까지 하는 여러 민족의 음식문화 속에 숨어 있는 합리성을 추적해 간다.

진화론에서는 단백질이 인간 진화와 인류 문명 발달에 결정적 역할을 해왔다고 본다. 그런데 단백질이 그렇게 중요하다면 인간은 왜 모두 단백질을 좋아하지 않을까? 가령 힌두교도는 암소를 숭배하고 이슬람교도는 돼지를 끔찍하게 여겨 먹지 않는다. 마빈 해리스는 이 책에서 이에 대해 '생태학적 제약'이라는 개념으로 설명한다. 각자 사는 곳의 기후가 다르고 그래서 생태계가 다르다 보니, 인간이 먹는 것들도 달라졌다는 얘기다. 쉽게 말해서 '못 먹어서 안 먹는 것이 아니고, 안 먹어서 못 먹는다'는 것이다.

〈음식문화의 수수께끼〉는 어머니를 보내드리고 내가 처음으로 손에 잡은 책이다. 어머니에 대한 그리움이 가득한 〈김용택의 어머니〉나 정채봉의 〈스무 살 어머니〉를 읽을까도 싶었다. 하지만 그 작가만의 어머니로 두기로 했다. 나 역시 그들처럼 나만의 방식으로 내 어머니를 그리워하고 싶었다. 지극히 사적인 이

유지만, 〈음식문화의 수수께끼〉를 제의(祭儀)처럼 읽으며 나는 내 안에 계신 어머니를 만났다. 어머니의 삶을 이어 나는 오늘도 그리고 내일도 누군가의 음식을 준비하며, 그렇게 계속 살 것이다. 살아가는 동안 행복하게….

"사람의 마음을 바꾸는 것만큼
어려운 일이 있을까?
책은 언제나 그 어려운 것을 해낸다."